集英社オレンジ文庫

倫敦千夜一夜物語

あなたの一冊、お貸しします。

久賀理世

JN287296

本書は書き下ろしです。

CONTENTS

第一話
紳士淑女のタイムマシン
7

第二話
春と夏と魔法の季節
83

第三話
末の世のアラビア夜話
181

イラスト／ｓｉｍｅ

倫敦千夜一夜物語

あなたの一冊、お貸しします。

LONDON

ALF

LAYLAH

WA

LAYLAH

驕《おご》れる都のかたすみに　まどろむ千の小宇宙《ミクロコスモス》
船出にいざなう語り部は　菫《すみれ》の瞳のシェヘラザード
ひとりきりの航路の軌跡　めぐりめぐりて縁《えにし》をつなぐ
あなたの一冊——お貸しします

第一話
紳士淑女のタイムマシン

LONDON
ALF
LAYLAH
WA
LAYLAH

1

アルフ・ライラ・ワ・ライラ。

千とひとつの夜――という意味をもつ、その美しい呪文のようなアラビア語を、サラは昔から好いていた。

謎めいていて、どこか甘やかで、そっと舌先で転がしながら唱えてみれば、遠い異界の幻がふわりと立ち昇ってくるような、そんな気がする。

だから三年前、両親を亡くしたあの事件のあと、兄妹ふたりきりで始める貸本屋の名を《千夜一夜 Alf Laylah wa Laylah》にしたらどうだろうか、と兄のアルフレッドが提案したとき、サラは喜んで賛成した。

千とひとつ。

それは〝数かぎりないこと〟を指す言葉ともいわれている。

あらゆる時と場所に生まれた、あまたの書物を扱う店にはふさわしい。

そうしてずっとずっと、数えきれないほどの日々を兄と静かに暮らしてゆければいい。

サラの願いは叶い、これまでいくつかの町を転々としながらも、兄妹ふたりの穏やかな生活は失われずにすんでいる。

ロンドン南郊外の小さな町──エヴァーヴィルに移ってきたのは、まだ風の冷たい春の日のこと。

それから三カ月、長くなる陽とともに客足は順調に伸びている。常連の客も増え、この調子なら問題なくやっていけそうだと、一安心している今日この頃だ。

なにか不満があるとすれば、細い街路の角に面したこの店には、ほとんど陽の射しこむ時間がないことくらいだろうか。

「本のためには、むしろありがたいことだけれど」

清々《すがすが》しい朝の光を身に浴びるのは、やっぱり気持ちがいい。

早朝の店先で、サラはさわやかな空気を胸いっぱいに吸いこんだ。

その手には、なじみの雑貨屋で買ってきたばかりの新聞が握りしめられている。楽しみにしていた小説が掲載されるはずなので、朝一番で買いに走ったのだ。

サラは軽やかな足どりで、店の裏手に向かう。

身にまとっているのは、動きやすさを重視したオリーヴ・グリーンのドレス。

仕事着を兼ねているため、裾や袖の広がりは控えめで、ほっそりした首も手首もつつましく隠されている。

解き流した黒髪と相まって、十七歳を迎えた娘としてはやや華やかさに欠けるが、もともと華美に着飾ることを好まないサラにとっては、おちつく装いだった。

住居用の玄関口から、サラはするりと屋内に身をすべりこませる。

兄が二階の寝室から降りてくるまでに、朝食の支度をしなくては。

朝食はサラが、夕食は兄アルフレッドが担当するというのが、ふたりきりで暮らす兄妹の取り決めなのだ。といっても、結局は台所にふたり並んで、おしゃべりしながら食事の用意をすることも多いのだけれど。

すると廊下の先から、熱したバターの甘く香ばしい匂いが漂ってきた。

あわてて台所にかけこむと、

「おはよう、サラ。その新聞に、おめあての小説は載っていたのかい？」

フライパンを手にしたアルフレッドが、こちらをふりかえらないままたずねた。

サラは目をまたたかせる。

「……なぜわかったの、兄さま？」

この新聞のことは、兄には伝えそびれていたはずだ。

「今朝は階段をかけおりるおまえの足音が、ずいぶん溌剌《はつらつ》としていたからね。土曜日のこの時間をおまえが心待ちにする理由があるとするなら、それはおそらく週刊新聞の発売だろう。とはいえ、続報が気にかかってしかたのないような大事件は、このところ起きていない。とすれば、読みたい記事は新作の小説に違いないと踏んだのさ」

アルフレッドは肩越しに、からかうような視線を投げてよこす。

「正解だったかい？」

長めの黒髪がさらりとゆれる。

笑みを含んだ瞳は、宵の空の群青色。

賢くて美しくて優しい、サラの最愛の兄である。

端正な顔だちに、均整のとれた長軀《ちょうく》。そして洗練された物腰のために、くつろいだ格好をしていても、そのたたずまいはどこか優雅で紳士然としている。そう、たとえシャツの袖をまくりあげてオーブン・レンジに向かい、慣れた手つきでオムレツを作っていても。

「大正解よ、兄さま」

サラは降参して、戦利品を掲げてみせた。

週刊《イラストレイテッド・ロンドン・ニュース》の最新号だ。

「H・G・ウェルズ先生の小説が載ると、お客さまが教えてくださったの。先週号に予告がでていたんですって」

アルフレッドが興味を惹かれた顔になる。

「ウェルズ先生の新作か。そういえば、もう『宇宙戦争』の連載は終わったのだったね。また新しい連載が始まるのかな」

「今回は読み切りの短篇みたい。でも読みごたえはありそうよ」

「題名は？」

「『奇跡を起こせた男』」

「いいね。おもしろそうだ」

アルフレッドは愉快そうに片眉をあげた。

そうして、とんとん、と器用にフライパンを操れば、あっというまにきれいな半月形のオムレツができあがる。彼はそれをするりと皿に移すと、ふたたびバターをフライパンになじませ、残りの卵液を流しこんで、次のひとつにとりかかった。

おそらく、こちらがサラのためのものだろう。そうすれば、より熱々でふわふわのオムレツを妹に食べさせてやることができる。兄は昔からそうだ。ひとつのケーキをふたつに分けるときは、いつだって大きいほうをサラに与えようとする。

オーブン・レンジにかけたやかんが、湯気をたて始めていた。

サラはお茶の準備をするため、急いで戸棚に向かう。

「最近はね、若い男性のお客さまに空想科学小説《サイエンティフィック・ロマンス》がとても人気で、新しい作品になると貸出中のことがほとんどなのよ」

「若い男の客ね」

そうつぶやくと、アルフレッドはおもむろにサラをふりむいた。

「サラ。何度も言っているけれど、本好きを理由にむやみやたらとおまえにかまいたがる怪しい男がやってきたら、そのときはすかさず――」

「本については兄のほうが詳しいのでお相手します、と伝えればいいのよね」

いつもの兄の教えを、サラはなおざりに口にする。

対するアルフレッドは、至極まじめにうなずいた。

「不埒《ふらち》な動機でおまえと話したがるような男は、兄を呼んでくると言えばたいてい怯《ひる》んで撤退するはずだからね」

アルフレッドによれば、世の中には女の子とみれば誰彼かまわず声をかけて、堕落の道に誘おうとする腐れ狼のような輩《やから》がたくさんいるのだそうだ。だからサラのような年頃の娘は、鉄壁の防御でもって虫けらどもを撃退しなければならないという。

「近頃のおまえはますます美人になってきたから、心配でならないよ」

サラは危うく、紅茶の葉を床にばら撒きそうになった。

「そ、そんなことないわ」

「いや、あるね。その瞳の色だって、昔よりずっと紫が増して、いっそう神秘的になったじゃないか。まるでバーン＝ジョーンズの描く中世の乙女のようだよ」

「……気のせいよ」

サラはたちまち赤くなり、顔をうつむける。

サラの瞳はただのくすんだ灰色だ。それが光の具合によっては紫がかって見えることもあるため、アルフレッドはきれいな菫《すみれ》色だと褒めるのである。

サラはいたたまれなくなり、話題をそらした。

「あのね、兄さま。その空想科学小説のことだけれど、重点的に在庫を増やすことを考えてもいいんじゃないかと思っているの。せっかく足を運んでもらったのに、読みたい本が借りられないのでは申し訳ないでしょう？」

「ん。おまえがそうしたいというのなら、もちろんかまわないよ。たしかにこのところ、空想科学小説はずいぶんと隆盛のようだね。ベテランの作家陣に加えて、新しい書き手もどんどん増えているだろう？　エドワード・ベラミイに、ジョージ・グリフィスに、イーディス・ネズビットに……」

「それにアーサー・コナン・ドイル先生もね」

サラはポットを両手にかかえて、兄の隣に並ぶ。

「わたし、ドイル先生の空想科学小説も好きよ。でもね、個人的にはぜひホームズものの続編を書いてもらいたいと熱望しているの」

「だけれどサラ、ホームズ氏はスイスの滝から落ちて亡くなったのではなかったかい？」

「ライヘンバッハの滝ね」

コナン・ドイルの生みだした人気シリーズ——名探偵シャーロック・ホームズの事件譚《たん》は、一八九三年の末に発表された短篇を最後に、九八年現在まで新たな作品は執筆されていない。その短篇『最後の事件』で、ホームズは追いつめた宿敵もろとも滝つぼに転落し、討ち死にするという結末を迎えている。

「でも彼の遺体が見つかったとは、本文のどこにも書かれていないのよ？　だから本当に死んでしまったとはかぎらないと思うの。というより、絶対に生きているわ」

絶対よ、とサラは力説する。

アルフレッドは苦笑した。

「なるほど。だとしたら、奇跡的に生還を果たしたホームズは、親愛なるワトスンくんに連絡もしないまま、いったいどこでなにをしているのかな？」

熱湯を勢いよくポットに注ぎながら、サラは思いをめぐらせる。

「長い休暇を、のんびり満喫しているのじゃないかしら。人知れず、名まえを変えて」

「ぼくらのように、かい？」

さらりと問われて、サラは動きをとめた。

静かに目を伏せ、ポットに蓋《ふた》をする。

「そうね、わたしたちのように」

兄の問いが、正確にはどの言葉にかかっていたのか、サラにはわからなかったけれど。

すると、わずかな沈黙のあと、やわらかな声が降ってきた。

「だったらきっと、楽しい毎日を送っているのだろうね」

はっとして、サラは顔をあげる。

「そうは思わないかい、サラ？」

慈しむようなまなざしが、惜しみなくサラに注がれていた。

かすかな胸の痛みに、サラは気がつかないふりをする。

「――ええ、もちろん」

サラはにこりと笑った。

「もちろんそう思うわ、兄さま」

くるりとサラは身をひるがえす。

そしてテーブルの砂時計を逆さにした。

完璧なアッサム・ティーを淹《い》れるための一八〇秒。

残りの時間はさらさらと、溶けるように硝子《ガラス》の底に吸いこまれてゆく。

2

エヴァーヴィルは新しい町である。

ほんの半世紀前までは、ゆるやかな丘の連なる田園地帯に、上流階級の別邸などが点在するような、静かな土地だったという。

それが鉄道の開通により、ロンドンの中心部まで二十分ほどで移動できるようになったため、ロンドンに仕事をもつ人々の住宅地として急速に発展したのだそうだ。

昔に比べて騒がしくなったとか、治安が悪くなったとか、古い住人には不満もあるようだが、のどかさと活気の同居した暮らしやすい町だとサラは感じている。

「……あら？」

時刻は午後三時をまわり、ちょうど客足のとぎれたときだった。

カウンターで返却本の点検をしていたサラは、ふと視線をあげた。

本を飾ったショーウィンドウの向こうに、三つの顔が並んでいる。

両手とおでこをぴとりとガラスに張りつけ、絵本を興味津々のまなざしでのぞきこんでいる少年がふたり。

その隣で身をかがめ、薄暗い店内をうかがっている青年がひとり。

齢《とし》は下から五歳、八歳……二十歳くらいだろうか。身なりはそろって上等で、いかにも良家の子息という風情である。歳の離れた兄弟なのかもしれない。

そんなことを考えていると、三人は入口のほうに移動してきた。かわいらしいお客さまのご来店だ。サラはスツールから降り、ホニトン・レースで縁取られた白エプロンの裾をさりげなく整える。

からころとドア・ベルが鳴り、扉のガラス窓にかけた《開店中《OPEN》》の札がゆれる。

「いらっしゃいませ、お客さ――」

「すごい、本がいっぱいだ！」

「ご本いっぱい！」

サラの呼びかけを弾き飛ばすように、少年たちが歓声をあげた。おそろいの吊りズボンを穿《は》いた彼らは、ぱたぱたと店の奥にかけこんでゆく。

「あっ！　こら、走るなって！」

青年があわててたしなめる。すかさず追いかけようとしたところで、彼はカウンターのサラに気がつき、はたと足をとめた。驚いたように目をみはり、立ちつくす。

灰色がかった金の短髪に、明るい五月の緑の瞳。

しなやかな長身は、アルフレッドと同じくらいだろうか。

涼しげに整った顔と、人なつこさを感じさせる表情がどこかちぐはぐなような、ふしぎな雰囲気の青年だった。

やがて彼は、我にかえったように目をまたたかせた。意を決した顔でこちらに近づいてくると、ためらいがちにひとこと。

「すみません、ちびたちが騒がしくて」

気取りのない口調だが、きれいな発音だった。

おそらく名門寄宿学校の出身――ひょっとして貴族の子息だろうか。

「どうぞお気になさらないでください。ちょうど、他のお客さまもいらっしゃらないことですし」

わずかな緊張を隠して、サラはほほえんだ。

そんな彼女を、青年はなぜかじっとみつめている。

「……あの、なにか？」

サラがたずねたとたん、青年はうろたえたように視線を泳がせた。

「あ……いや。ちょっと、意外だったものだから」

「意外？」

「その、こういうところで店番をしているのは、たいてい百万年も昔から生きていそうな爺さんだと相場が決まっているから、驚いたんだ」

弁解めいていたが、サラには青年の言わんとしていることが飲みこめた。

「まるで化石のような、ですか？」

「そうそう。店の奥にどっしり座りこんだまま動かなくて、生きているのか死んでいるのかわからないくらいなのに、立ち読みですませようとする客がいると、すかさず咳払いで牽制するような」

サラはつい笑ってしまった。

「それは偏見がすぎると思いますけれど」

でもたしかに、学生街の個人書店などにはそのような個性的な老店主も多そうだ。この青年もきっと、そうした昔ながらの店に慣れているのだろう。

　サラの笑顔にほっとしたのか、彼はややくだけた表情になった。

「きみは、接客のために雇われているのかい？」

「いいえ。そうではなくて、この貸本屋は兄とわたしの店なんです」

「きみのお兄さん？」

「はい。おもにお客さまのお相手をするのがわたしの役割で、兄のほうはいつも奥の仕事場でルリユールの作業などをしています」

　ルリユールとは、伝統的な製本の技術のことである。

　アルフレッドは貸出をくりかえして傷《いた》んでしまった本を修復したり、廉価本を解体して美しい装丁に生まれ変わらせたりするのだ。

　ほとんど独学で始めたにもかかわらず、その腕前はすでに熟練の職人にも見劣りしないもので、サラはアルフレッドの手がけた繊細な装丁が大好きだった。

　最近は常連客から装丁の依頼を受けることもあり、そちらの評判も上々である。

「へえ、そうなんだ。いつでも兄貴が裏から飛んでこられるなら、きみも安心して仕事ができるだろうね。きみみたいに…………だと、厄介な客にからまれることもあるかもしれないけれど」

「腐れ狼とか？」

「そうそう。……ん？　いまなんて？」

「いえ、こちらの話です」

サラは笑顔で流した。この青年には、兄が目を光らせていることをわざわざほのめかす必要もなさそうだ。

「こちらにお越しいただいたのは、今日が初めてですね。あちらの坊ちゃんがたも」

「ああ、うん。弟たちのお守りを任されてね。このところ、あちこちひっぱりまわされて散々な目に遭っているんだ」

青年はぼやいてみせるが、心の底から辟易《へきえき》しているふうではない。きっと仲の良い兄弟なのだろう。

「いまは大学の夏季休暇中ですか？」

「そうなんだ。ちょうど二学年を終えたところで」

青年は使いこまれたオーク材のカウンターに肘《ひじ》をつき、声をひそめる。

「ちびたちの乳母《ナース》が、おれの留守中に言い含めたらしいんだ。お兄さまは坊ちゃんたちと毎日遊びたいところをぐっとこらえて、ひとり遠い大学で立派な紳士になるためのお勉強をがんばっているのだから、坊ちゃんたちもお利口にしていなければいけませんよって。で、ちびたちはそれを本気にした。おかげでこのおれは、弟思いの優しいお兄さまを演じなきゃならなくなったというわけなんだ」

サラはくすりと笑った。

「すばらしいナースをお雇いですね」

「昔から子どもをまるめこむ名人なのさ」

青年は肩をすくめる。

「おれも子どものころは、姉といっしょに彼女――マージの世話になった身だから、言うことを聞かないときに脅されたことがあるよ。坊ちゃんが悪い子でいると、責任はすべてナースが負うことになる。だからマージはお屋敷を追いだされたあげく、路頭に迷って野垂れ死にするはめになりますが、坊ちゃんはそれでもかまわないのかってね。まだろくに文字も書けないような子どもにそれを言うのかといまなら思うけれど、効果は抜群だったんだから作戦勝ちだったんだろうな」

「良い子になられたのですか？」

「期間限定のね」

青年はいたずらっぽく口の端をあげる。

マージは幼いころから妹の子守りをしていたそうで、ナースとしての職歴は五十年以上になるのだと、誇らしげに語ったものだという。

「まあ、ブロンドの美人姉妹として評判だったたっていうのも口癖だから、どこまでが本当かはわからないんだけれど。とにかく子どもの扱いについて、マージは誰よりも信用できるんだ。その彼女が、最近の坊ちゃんたちはお兄さまを待ちわびてとてもお行儀よくしていたんですよって何度も褒めて聞かせるものだから、ちびたちにかまってやらないわけにもいかなくて」

そうでしたか、とサラは微笑する。

「では、こちらにいらしたのは弟さんがたのご希望で？」

「なんでも、下のちびがどうしても読みたい本があるらしくて。その本を探すのを手伝うよう、せがまれたんだ」

「どうしても読みたい本、ですか」

「うん。それで家の者からこの店のことを聞いたものだから、ふたりまとめて連れてくることにしたんだ。いい店だね」

青年は長いカウンターに目を走らせ、それから店内をふりかえった。

壁際を含めて、ぎっしりと本の詰まったいくつもの書架が天井近くまでを埋めつくしているさまは地下世界の迷宮めいていて、本が嫌いな人間ならめまいや息苦しさを感じてもおかしくない。

サラの顔は自然とほころんだ。

「ありがとうございます。わたしたちが借り受けるまでは、雑貨店だったそうです」

その雑貨店が目抜き通りのほうに移転するというので、サラたち兄妹は建物ごと借りて新しい生活の場とすることにしたのだ。もちろんそうした情報を仕入れ、細々《こまごま》とした交渉をこなしたのは兄アルフレッドである。

入口正面の壁沿いを囲いこむカウンターは、雑貨店だったころの名残りだ。

かつてはお菓子入りのガラス瓶がずらりと並んでいたというカウンターに、いまは入荷したての本を陳列して手に取ってもらいやすいようにしている。

それでもまだカウンターには余裕があるので、常連の客にスツールをすすめて、紅茶やちょっとした焼き菓子などをふるまうこともある。

「おれは読書家ではないけれど、ここにはなんだか長居したくなりそうだよ」

なにげなくつぶやき、青年はふたたびサラに目を向ける。

そして視線がかみあったとたん、彼はあたふたと扉のほうを指さした。

「そうだ。外にさがっていた看板の、あれはなんて読むのかな。アルフ、なんとかって」

「アルフ・ライラ・ワ・ライラといいます」

「アルフ・ライラ……」

耳新しい響きに心惹かれたのか、青年がくちずさむ。

「アラビア語です。アルフは千、ライラは夜。だから千の夜とひとつの夜で、千夜一夜。そういう物語の題名から採《と》ったものなんです。この国では『アラビアン・ナイト』として紹介されているものが、ほとんどだと思いますけれど」

「ああ！　それならよく知っているよ。『アラジンと魔法のランプ』とか『船乗りシンドバッドの冒険』とか『アリババと四十人の盗賊』とか。子どものころにいろいろと読んだから」

「はい。それも『千夜一夜物語』で語られるたくさんの物語のひとつです」

　青年の反応が嬉しくて、サラの声は弾んだ。

「『千夜一夜』の外枠にあたる物語をご存じですか？　子ども向けの選集では、割愛されていることも多いのですけれど」

「たしか妃に浮気をされて女性不信に陥《おちい》った王に、美しくて賢い娘が夜な夜なおもしろい話を語って殺されるのをまぬがれるっていうような……」

「ええ、そのとおりです」

　昔々、シャフリヤール王は妃の不貞を知ったことをきっかけに、女性に対する不信感をつのらせた。

　やがて王は妃を処刑し、それからは毎晩、うら若き処女を寝台に侍《はべ》らせては翌朝になると首を刎《は》ねるという蛮行をくりかえすようになる。

　当然ながら、王の相手をさせる娘は国からどんどん減ってゆく。

　大臣が困り果てていると、彼の娘のシェヘラザード姫が、みずからその役目を務めると申しでた。

彼女にはひとつの策があった。

シャフリヤール王は女人を信じない。

ならば物語の虜《とりこ》にさせてしまおうというのだ。

流れるように、生き生きと、シェヘラザードはその美しいくちびるから、魅力的な物語を紡《つむ》ぎだしてゆく。王は物語の世界にのめりこみ、知らず知らずその続きに対する興味をかきたてられてゆく。

けれど寝所に朝の光が射しこむと、シェヘラザードは無情にも口を閉ざしてしまう。夜が明けたなら物語の時間もまた終わり、というわけだ。かくして王は、物語の続きを知りたいがために、シェヘラザードを生かしておかずにはいられなくなる。

同じやりとりが、それから千と一夜に亙《わた》ってくりかえされ——。

「だから千夜一夜の物語というわけか」

サラの語りに耳をかたむけていた青年は、そうしめくくる。

けれどふと、首をひねった。

「でもそうすると、王は連日徹夜をしていることになるのか。寝不足で政務にさしつかえそうだな」

サラはたまらず噴きだした。妙な心配をする青年である。

「たしかに、現実的にはいろいろと無理のある設定ですね。でも、とても魅力的な枠物語だと思います」

　悪逆非道な王に、美貌の娘がたったひとりで立ち向かう。

　命をかけたその戦いの武器は、物語の力と、語りの腕のみ。

　物語を愛する者にとって、こんなに魅惑的な舞台があるだろうか。

「それで最終的に王は改心して、シェヘラザード姫も死なずにすんだと」

「そうですね。子ども向けを含めて、落としどころがそういうことになっている版は多いはずです」

「そういうことに、なっている？」

　けげんそうな彼に、サラは解説する。

「じつは『千夜一夜物語』には底本というものがないんです。十世紀には、すでに原型となる書物が存在していたようなんですけれど、それ以降のさまざまな古写本からも、結末の部分はいまだに発見されていないんです」

　青年は目を丸くする。

「これだけ有名な話なのに、そんなことがあるのかい？」

「ええ。そもそも結末があったかどうかすらも、定かではなくて」

「結末がない？　最初から？」

　青年はますます腑に落ちない顔になる。

「千夜一夜という言葉は単純にその数を指すのではなく、数えきれないほどたくさんあることや、終わりのないことを意味していたという説があるんです」

つまり、この物語は最初から閉じられることなく、後世に向かって開かれていたのかもしれないのだ。

人の営みが続くかぎり、そこには物語が生まれる。

それらをすべて収めた幻の書物——それこそが『千夜一夜物語』なのだというように。

「……終わらない物語か。なんだか途方もないな」

「個人的には、結末が用意されていないというのもすてきだなと思うんです。なんというか、無限の可能性を秘めているようで」

「たしかに、そのほうが夢があるね」

「ええ、わたしもそう感じます」

ふたりは視線をかわし、同時にかすかな笑みを浮かべた。

でも、とサラは続ける。

「西洋世界に『千夜一夜物語』を紹介したアントワーヌ・ガランという東洋学者は、そうは考えなかったみたいで」

十八世紀初頭のこと。

フランス人のガランは、十五世紀のシリアで筆写されたとおぼしい『千夜一夜物語』の私家本を入手した。現存する最古の写本とされているが、そこに記されていたのは三百夜に満たない部分まで――話数にして四十話のみだった。

「だからムッシュ・ガランは、あと七百夜分の物語がまだどこかに埋もれているはずだと思いこんだんです。それで――」

「残りの物語を探しまわった？」

「ええ。彼が『千夜一夜物語』の一部として翻訳出版した本が、ヨーロッパ中で大ベストセラーになったこともあって、それからはたくさんの人たちが残りの物語の採集に夢中になったそうなんです」

ある者は写本から、ある者は中東の地元民からじかに聞き取ることで、それらしい物語を蒐集《しゅうしゅう》していったのだ。そうして十九世紀になると、かき集めた物語をまとめたさまざまな『千夜一夜物語』が出版されるようになる。

「主要なものだけでも、レイン版、ペイン版、バートン版といくつもあります。翻訳者の名からそう呼ばれているんですが、それぞれ翻訳の方針も収録された物語も異なるので、読み比べるのもおもしろいんですよ」

背後の棚にずらりと並ぶ本を、サラは見かえった。

モロッコ革装丁の豪華本が、占めて四十冊以上。

「この店にも、ガラン版とレイン版とバートン版を全巻そろえています」

「へえ。ずいぶん充実しているんだね」

「店名の由来になった本でもあるので」

サラはにこりと笑った。

「もちろん気軽に楽しめる選集や、子ども向け絵本のシリーズも用意してあります。そうした本は、多色刷りの挿絵がとてもきれいなんですよ。著名なイラストレーターが、それぞれ才能を競いあうように独自の世界を創りあげていて。たとえば――」

そこでサラは、はたと口をつぐむ。青年の弟たちが、いつのまにかカウンターの向こうがわに顔をそろえて、じっとこちらを見あげていた。そういえば彼ら三人は、なにか目的があってこの店にやってきたのではなかったか。

「あ……すみません。わたし、つい夢中になって」

「いや、おれはかまわないよ。おもしろい話だった」

「でも、なにかお探しの本があっていらしたと、さっき」

「ん？　ああ、そうなんだ。それがちびたちのご要望でね。ちなみに大きいほうがラウルで、小さいほうがエリオット。ついでにおれはヴィクター。名まえで呼んでもらっていいから」

まとめて紹介して、ヴィクターは弟たちの頭をくしゃくしゃとかきまわす。

ふたりとも、さらさらとやわらかそうな、美しい金髪だった。

「ちびじゃないよ！」

「ないよ！」

「紳士なんだよ！」

「だよ！」

ラウルの抗議を、弟のエリオットがすかさずくりかえす。なんでも兄の真似をしたがるお年頃なのだろう。

サラはほほえましく思いながら、カウンターに身を乗りだした。どうしても読みたい本があるのだという、小さなエリオットのほうに声をかける。

「どんな本をお探しなのか、教えていただけますか？」

ヴィクターが、弟の背に手を添えてうながす。

「紳士なら礼儀正しくな、エリオット」

「うん」

エリオットはつぶらな瞳でサラをみつめた。ラウルのほうも、真剣なまなざしでこちらをうかがっている。ふたりとも、ヴィクターとよく似た明るい緑色の瞳だった。

エリオットは大きく息を吸いこんだ。

「あのね。女の子と白い犬がいっしょに冒険するご本を、ぼくは読みたいの」

「女の子と、白い犬ですか？」

とっさには思いつかなかった。子どもと犬の物語というと、四半世紀ほど前に出版されたウィーダの『フランダースの犬』がまっさきに思い浮かぶが、内容は冒険とはほど遠いうえに、主人公は男の子だ。

ヴィクターが、横からエリオットにたずねる。

「本の題名は憶えてないのか？」

「えっと……わかんない」

もそもそとつぶやいたきり、エリオットはうつむいてしまう。初対面のサラを相手に、緊張してしまったのだろうか。

「悪いね。こんなあいまいな条件じゃあ、相談されても困るだけだろう」

「あ……いいえ。お客さまのなかには、題名が思いだせない本を探し当ててほしいというかたもよくいらっしゃいますので」

とはいえ、こちらにまったく心当たりがないとなると、兄アルフレッドの助けを借りたほうが賢明かもしれない。

「こちらのお席で、しばらくお待ちいただけますか？」

サラは三人にスツールをすすめると、住居区画に続く扉から兄の作業場のほうにやってきた。

「兄さま、ちょっといい？　お客さまの探している本のことなんだけれど……」

だが、意外なことにアルフレッドの姿はなかった。

その代わり、作業台に書き置きのメモが残されている。

注文を受けていた本の装丁ができあがったから、依頼主に届けてくるよ。

クリーム・ティーの用意はしておいたから、必要なら温めてふるまうといい。


どうやら、アルフレッドの助力は期待できないようだ。

こうなったら、サラが自力でなんとかするしかない。そのためには、まずエリオットの気分をほぐして、探している本にまつわる情報をできるかぎり得る必要がある。

「それにしても……」

サラに断らないまま、アルフレッドが店を留守にするとはめずらしい。彼女が接客中でなければひとこと声をかけるはずだし、来客があるときにあえて店を空けることもないのだが。

首をかしげつつ、サラは台所に急いだ。

こくこくとミルクティーを飲みほしたラウルの頬が、幸せそうにゆるむ。

「お茶のお代わりをいかがですか、坊ちゃん？」

サラが声をかけると、ラウルは頬を赤らめた。

「い……いただきます」

「ぼくもお代わり！」

負けじとエリオットがカップをさしだす。

ラウルはたちまちむっとした顔になる。

「エリオットのはまだ残ってるだろ」

「もうすぐ飲み終わるもん」

やりあうふたりを、ヴィクターが兄らしく注意する。

「味わって飲めよ、エリオット。そしてふたりとも、口の周りを拭け」

サラが彼らにふるまったのは、クランベリーのジャムとクロテッド・クリームを添えた手作りのスコーン。前日の残りを温めなおしたものだが、ちょうど小腹が減りつつあったのか、三人ともぺろりとたいらげてしまった。

小さな紳士たちはおそろいのハンカチーフでお行儀よく口を拭うのだが、またすぐに汚してしまうところがやはり子どもで、なんだかかわいらしかった。

白いハンカチーフの縁は、葡萄《ぶどう》の蔦《つた》模様のアイリッシュ・クロッシェレースで飾られている。ナースのマージが、彼らのために編んだものかもしれない。世話をする子どもたちの衣服などを繕《つくろ》うのも、ナースの仕事のうちなのだ。

「このスコーン、本当に手作りなのかい？　名の知られたティー・ルームでだされるものよりも、よほどおいしいよ」

ありがとうございます、とサラはほほえんだ。

「兄にもそう伝えておきますね。きっと喜びます」

「え……ひょっとしてこれ、きみの兄貴のお手製なの？」

「はい。お菓子だけでなく、料理の腕も兄は抜群なんですよ」

スコーンの出来を褒められたのが嬉しくて、サラはつい言葉をかさねる。

「装丁の技術も一流の職人並みですし、兄にできないことはなにもないんです。知らないことなんてまるでなさそうなくらい知識も豊富で、いつだってとても頼りになって」

「……へえ。きみのお兄さんはずいぶん有能らしいね」

そのときふと、ヴィクターはなにかを懐かしむまなざしになった。

「おれもそういう人を、ひとりだけ知っているな。もうずいぶん会っていない……どころか、生きているのかどうかさえわからないけれど……」

「え？」

「あ……ごめん。なんでもないんだ」

独り言から我にかえった顔で、ヴィクターは話題を戻した。

「そのお兄さんなら、エリオットの読みたがっている本についてもわかりそうかな？」

「きっとそのはずなんですけれど、いまは外出中なので……すみません。でも本の内容について詳しく教えていただければ、わたしでもお力になれるかもしれません。いくつか、わたしから弟さんに質問させていただいても？」

「もちろん」

サラはカウンター越しに、エリオットをうかがった。

「主人公の女の子と白い犬がどういった冒険をするのか、わかりますか？」

すっかりくつろいだ表情になったエリオットが、足をぶらぶらさせながら答える。

「うんとね、その犬は走るのがすごく速くてね、女の子は犬の背中に乗って旅をするんだよ」

「とても大きな犬なんですね」

「そう。どこでも好きなところに連れていってくれるんだ。海とか山とか湖とか。それで海の国で会った王子さまに頼まれて、いろんな宝物を探す冒険をするの」

「海の国の王子さま？」

急に物語の風向きが変わった。

それなら児童文学というよりも昔ながらのおとぎ話、あるいは神話の類《たぐい》なのだろうか。

英雄や若者などが、なにかしらの目的のために世界をさまよう話は、洋の東西を問わず数多い。なにを隠そう『千夜一夜物語』にも、そうした放浪の物語はいくつもある。

「その宝物を探す旅が終わったあと、女の子と犬はどうなるのかしら?」

「ええとね、犬は死んじゃって、でも本当は人間だったから、女の子と結婚するの」

「なんだそれは。ずいぶんな急展開だな」

ヴィクターが呆れ顔になるが、サラにとっては重要な手がかりだ。

「荒唐無稽《こうとうむけい》に思えるかもしれませんが、人間が動物に姿を変えられていたという変身譚《たん》は古くからいろいろなパターンがあるんです。そのひとつだと考えてみると、後半の伝説のような展開もむしろ腑に落ちます。近い印象の物語を、読んだことがある気はするんですけれど……」

口許に手をあてて、サラは考えこむ。動物に姿を変えていた人間と主人公が結婚するという物語なら、フランス民話の『美女と野獣』やグリム童話の『かえるの王さま』などが有名だが、どちらも主人公が冒険をするわけではない。

それにしても、エリオットは思いのほかしっかりと物語の内容を記憶していた。

まだ読み書きはほとんどできないという彼は、いったいどういう状況でその本について知ったのだろう。

「坊ちゃんは、そのお話をどなたかに教えてもらったのですか?」

とたんに、エリオットはぴくりと肩をふるわせた。そのまま口をつぐんで、両手で握りしめたカップの向こうに顔を隠してしまう。

詳しい事情について打ち明けるのは、都合が悪いということだろうか。

考えてみると、エリオットのような良家の子どもが知りあえる人物はかぎられている。親の方針で厳しく躾《しつ》けられているなら、使用人と親しくすることすら咎《とが》められるだろう。もしもそうした相手との交流があったのだとしたら、あまり追及するのもかわいそうだ。

どうやら同じことを考えたらしいヴィクターが、

「なんなら、おれは席を外そうか」

スツールから降りようとしたときだった。

ずっと黙っていたラウルが、思いきったようにヴィクターを見あげた。

「エリオットは公園で会った友だちからこのお話を聞いたんだ。よく知らない子だけど、悪い子じゃないよ」

「なんだ。そういうことだったのか、エリオット？」

エリオットはおずおずとうなずいた。

「うん、そうなの」

ヴィクターはため息をついた。

「だったら隠す必要なんてなかったのに。おれはおまえたちが誰と友だちになろうが、気にしないよ。好きな相手と、好きなだけ仲良くすればいいさ」

「——うん！」

エリオットはくすぐったそうに首をすくめる。

そしてすっかり肩の荷のおりた顔つきで、そわそわと左右に視線を向けた。

「ご本、もっと見てきていい？」

「ああ、いいよ。ラウル、エリオットについてってやってくれるか」

「うん。ほら、エリオット」

ぴょんとスツールから飛び降りたラウルが、弟を支えて床に降ろしてやる。

ラウルが手をさしだすと、エリオットは素直につかまった。

「ふたりとも、ばたばた走りまわるんじゃないぞ」

「うん、わかった！」

「わかった！」

手をつないだ少年たちは、あっというまに絵本の棚のほうに駆け去ってゆく。

「……全然わかってないじゃないか」

サラはくすりと笑った。

「ちょっとでも目を離したら、とんでもないことになりそうですね」

「そうなんだ。ちびたちは午後に公園まで散歩にでかけるのが日課なんだけれど、連れて歩くこっちのほうは気が休まるどころじゃない」

「そのお役目も、普段はマージさんがおひとりで？」

マージは高齢のようなので、活発な男の子ふたりの世話をするのは大変そうだ。

「いや。いつもはもうひとり、ナースメイドもついているはずだよ」

ナースメイドの仕事は、ナースの補佐である。

補佐といっても職分はしっかり区別されており、子どもたちにつきっきりで生活全般の躾《しつけ》を担当するナースに対して、子ども部屋の掃除や入浴の準備などの雑用を受け持つのがナースメイドだ。ナースの身のまわりの世話も、ナースメイドがこなすことが多い。

ヴィクターによると、ラウルが姉に勉強をみてもらう午前の数時間と、散歩にでかけるとき以外は、マージと弟たちが三人ですごしていることがほとんどだという。

そうした日常は、良家の子弟にとってはごくあたりまえの習慣でもある。彼らにとってナースの存在は、ときとして血のつながった母親よりも重要なのだ。

「そういえば、二カ月くらい前のことだったかな。マージが妹の葬儀のために一週間ほど休暇を取ったそうなんだ。そのときはナースメイドがひとりでちびたちの面倒をみてくれていたらしいから、例の友だちともその時期に知りあったのかもしれないな。あいつらのことだから、きっとちょろちょろ動きまわっただろうし、ひとりでは目が届かなかったとしても責められない状況だったと思う」

サラは遠慮がちにたずねた。

「そのお友だちは、親しくするとお叱りを受けるような相手だったのでしょうか」

「そう思ったから、なるべく隠そうとしたんだろうな」

もう冷めてしまっただろう紅茶を、ヴィクターは最後の一滴までていねいに飲みほす。

そしてなにが映りこむでもないカップの底に、目を落とした。

「うちは、父親がそういうことにこだわる性質《たち》だから」

「つきあう人間は選ぶようにと？」

ヴィクターは黙ったまま、視線だけを上向けた。

気さくな青年のまなざしに宿る屈託の気配に、サラは思いがけずどきりとする。

だが彼はすぐに表情をやわらげると、いたずらっぽく片眉をあげてみせた。

「よくわかっているね。そういう男のでてくる小説でもあった？」

「そうだったかもしれません」

あいまいに笑み、サラは口をつぐんだ。これ以上は、一介の店員がふれるべきことではないだろう。改めて、本題についての懸念をきりだす。

「わたしが気がかりなのは、そのお話がペニー・ドレッドフルなどに掲載されていたものだった場合、お探しするのが難しいかもしれないということなんです」

「ペニー・ドレッドフル？　あの一冊数ペンスくらいで買える雑誌のこと？」

ペニー・ドレッドフルとは、もともと血みどろの恐怖小説や犯罪小説などの読みものを載せて人気を博していたことからその名のついた冊子である。

内容は少年向けの冒険もの、盗賊もの、歴史もの、学園ものなどが売れ筋で、お決まりのパターンを踏んだ軽い読みものがほとんどのようだ。紙も印刷も粗悪で、低俗だと批判されがちなのだが、労働者階級の子どもたちが小遣いで買いに走るような本は、いまでもそうしたペニー・ドレッドフルなのだ。

「基本的に刷って売りさばいたらそれで終わりという種類のものですし、かなりたくさんの冊子が次々と売りだされているはずなので……」

「そうか。それなら、いくら本に詳しくても手に負えないだろうね」

「すみません」

「いや、いいんだ。最初から無茶な頼みごとだとは承知していたんだから。長々と時間を割《さ》いてもらって、こちらこそ申し訳なかったよ」

礼儀正しく告げて、ヴィクターは席を立とうとする。

けれどあっさりひきさがられたとたん、サラはどうしてか、ヴィクターをひきとめたくなった。この人をがっかりさせたくない——そう思った。

「あの、でも、兄ならきっとわかるんじゃないかと思うんです。わたしもどこかで聞いたことがある気がするので、時間をいただければ思いだせるかもしれません」

あたふたと伝えると、ヴィクターの表情が動いた。

ほんのわずか、ためらったあと、彼は正面からサラをみつめた。

「だったら明日はどうかな？　こっちは暇だから、同じ時間に寄らせてもらうよ」

「あ……はい！　そうしていただければ、きっとよいお返事ができると思います」

「それなら、また明日に」

約束を忘れまい、というようにうなずくと、ヴィクターは書架をふりむいた。

「せっかくだからなにか借りていこうかな。クリーム・ティーまでごちそうになったことだし、せめて売り上げに貢献させてもらうよ」

「お茶のことは好きでやっているだけですので、気になさらないでください。でも興味のある本がありましたら、ぜひどうぞ」

「会費は取らない店だって聞いたんだけれど、本当？」

「ええ。そのほうが、どなたにも気軽にご利用いただけるはずですから」

かの《ミューディーズ《Mudie's》》のように、英国全土に支店があるような大手の貸本屋は、利用客からあらかじめ年会費を取る方式を採用しているのだ。その代わり、会員になれば一年のあいだ好きなだけ本が借りられる。つまり借りれば借りるほど得をする、という本好きにはありがたいシステムなのだが、会費は一ギニーとかなり高額なのである。

一ギニーといえば、平均的なハウスメイドの月給にも相当する。それでは、会員になることすらできない者も大勢いるだろう。

「《千夜一夜》では一回につき一冊、二週間の期限、一律二ペンスでお貸ししています」

「どんな本でも同じ料金なのかい？」

「はい。わたしたちがお客さまにお売りしているのは〝時間〟なので」

「時間？」

「本の世界を自由に旅する時間です。お預かりするお金はその対価なんです」

貸本屋の仕事は、旅行者に期限つきの通行証を発行するようなものだ。

一期一会の旅をどのような思い出にするかは、読み手しだい。

潜水艇で深海に潜りこむように、一晩で一気呵成《かせい》に読み終えるもよし。

一歩一歩、踏みしめる草の感覚を味わうように、じっくりと読み進めるもよし。

立ち昇る色は、音は、匂いは、感情はかぎりなく、価値などもとより計れはしない。

「誰かがつまらないと感じた本でも、別の誰かにとっては心に響く特別な本になる可能性はあります。だからこの店にある本の値打ちは、もともとの値段に関わらず、みんな同じです。みんな大切な本なんです」

もっとも、とサラはいたずらっぽく打ち明けた。

「わたしはどうしても、兄が装丁を手がけた本だけ特別扱いしたくなってしまいます」

「ああ、例のきみの万能なお兄さんね」

「はい。兄が丹精こめて作りあげた本を大切に扱わない人なんて――」

きりりとしたまなざしで、サラは宣告した。

「万死に値します」

「え」

「というのは、もちろん冗談ですが」

「……はは、そうだよね」

一瞬、絶句したヴィクターが、ひきつる頬をごまかすように笑う。

「次の借り手のためにも、大切に扱っていただけたらなとは思いますけれど」

「もちろんそうするよ、もちろん」

それにしても、と彼は書架をながめる。

「本の世界の旅行者か。そんなふうに考えてみたことはなかったな。そしてきみは、旅の水先案内人というわけだ。あのシェヘラザード姫みたいに」

「わたしには彼女のような才能はありません、残念ながら」

「そうかな。謙遜している？」

「とんでもない」

「でも、本の内容についてお客に説明してやることもあるんじゃないのかい？」

「それはもちろん、仕事ですから」

「だったら、きみが選んでくれないかな？　おすすめの本があるなら、それを借りるよ。読むことは苦にならないから、どんな本でもかまわないよ。きみの好きな本でもいい」

「あの、でもそれは」

サラは困惑した。

じつは、客がそうした頼みを口にすることはめずらしくない。けれど、なにかおもしろい本を読みたいという漠然とした要求に応えるのは、なかなか厄介なのだ。おもしろさの種類にもいろいろあるし、好みを訊いても客自身が自分の読みたいものをよくわかっていなかったりするので、どうしようもない。

だからできるなら、面倒でも自分の足で書架をめぐり、惹かれる本を見つけてほしいというのがサラの本音だ。実際、そうすすめることもある。

ただサラは、この初対面の青年の望みを断りたくなかった。

彼に喜んでもらいたい。魅力的な一冊と出会えたと思ってもらいたい。

それは胸の奥でほのかにゆらめいて消えるほどの、かすかな衝動ではあったけれど。

「そう、ですね」

冒険小説……それとも探偵小説のほうが好みだろうか。

そのとき、カウンターに置いてある新聞が目にとまった。手が空いたら読もうと思っていた、例の《イラストレイテッド・ロンドン・ニュース》である。

「H・G・ウェルズやジュール・ベルヌの作品を読まれたことは?」

「空想科学小説だね。それぞれ何冊か読んでいるよ。おれはけっこう好きだな。『八十日間世界一周』とか『盗まれた細菌』とか。それに『透明人間』もおもしろかった」

「でしたら同じ作家の、まだ読んでいらっしゃらない本などはいかがですか？」

「うん、そうしようかな」

サラはカウンターの天板を持ちあげて、店のほうにまわった。

「空想科学小説はとても人気なので、貸出中のことが多いんですが……」

それでも代表的な作品は数冊ずつそろえているので、借りられるものはあるはずだ。

こちらです、とサラは空想科学小説の棚に案内する。

「作家ごとに、刊行された順で並べていますので、ご参考までに」

書架に相対すると、ヴィクターは嬉しそうな声をあげた。

「ああ、懐かしいなあ。『海底二万里』に『二年間の休暇』も、寄宿学校時代に友人同士で回し読みをしたよ」

背表紙に目を走らせていた彼は、とある一冊のところで目をとめる。

「そういえば、この本……」

つぶやきながら手に取ったのは、ウェルズの『タイムマシン』だった。

「『タイムマシン』は未読でしたか？　刊行から三年くらいになりますけれど」

「うん。この本も友人に貸してもらったんだけれど、たしか始めのほうを読んだところで返してしまったんだ」

「お気に召しませんでした？」

「いや、そんなこともなかったと思うんだ」

どうしてだったかな、と首をひねりつつ、ヴィクターはぱらぱらとページをめくる。

「たまたま忙しくて、最後まで読む時間がなかったのかもしれないな。この本は、きみのおすすめ？」

「そうですね。他のウェルズ作品がお好きなら、楽しめると思います」

サラは控えめに同意した。

「じゃあ、この機会に読破することにするよ」

ぱたん、とヴィクターは本を閉ざす。

そして明るい緑の瞳を、冒険好きの少年のようにきらめかせた。

「せっかく出発した旅行を、途中下車したきりにしているのはもったいないからね」


「――というわけなの」

その晩の夕食の席である。

事のあらましを語り終えたサラは、兄アルフレッドの表情をうかがった。

博覧強記《はくらんきようき》の兄なら、またたくまに正解にたどりつくのではないかと思ったのだが、予想に反してじっと考えこんでいる様子だ。

頼みの彼にも思い当たる本がないとなると、エリオットの期待を裏切ることになってしまうかもしれない。喜ぶ弟の顔が見られなければ、ヴィクターも落胆するだろう。

「わたし、安請けあいしすぎたかしら」

サラはつぶやきながら、ナン風の平焼きパンをちぎった。

鶏肉のカレーソース煮込みにからめて口に運べば、とろりとしたソースの辛みとパンの甘みが噛《か》みしめるごとに混ざりあい、深みのある味わいが口いっぱいに広がる。

アルフレッドによれば、おいしさの秘密は隠し味のヨーグルトだという。

「その少年の語ったあらすじには既視感があるというか、以前に読んだことがあるような気がするのだけれど、これぞという話はまだ思い当たらないな、残念ながら」

「兄さまも？　わたしもそうなの」

あれからずっと、この件について考え続けていたサラはため息をついた。

「思いだせそうなのに思いだせないものだから、なおのことどかしくて」

「おまえの言うとおり、人が動物に姿を変えるという要素に注目するなら、それこそ数えきれないほどの類話があるからね」

「そうね。でも逆に、女の子が冒険らしい冒険をする物語となると、さほど例はないように思わない？　わたしがすぐに思いつけるのは、アンデルセンの『雪の女王』やキャロルの『不思議の国のアリス』シリーズくらいだし」

「うん。各国の民話でも、若い女性が住む場所を追われて身を隠したり、旅にでるような話はあるけれど、目的を果たすために冒険をするという印象とは異なるね。むしろ神話のエピソードだと考えたほうがいいのかな。勇ましい闘いの女神が登場するような」

「ギリシア神話のアテナとか？」

「北欧神話のワルキューレとかね」

半神ワルキューレは、大神オーディンの娘たちのことである。

美しきワルキューレは、戦死した兵士をヴァルハラに連れ去るのだ。

「でも彼女たちは、いつも愛馬で戦場を駆けめぐっているんじゃなかったかしら」

「うん。まさに『ワルキューレの騎行』だね」

ワーグナーの楽劇の印象的なフレーズを、アルフレッドはくちずさむ。

その直後、なにかをひらめいたように目をみはった。

「そうか、馬か」

「馬がどうかしたの、兄さま？」

「いや。ただ旅の移動手段にする動物といえば、普通は馬とか驢馬《ろば》だろう？　それが犬というのはめずらしいから、手がかりになるように思ってね」

「たしかに変わっているわね。大きな牧羊犬なら、子どもが乗れないこともないでしょうけれど」

そういえば、とサラはテーブルに身を乗りだした。

「いろいろと考えてみて、ひとつ思いついたことがあるの。エリオット坊ちゃんが公園で知りあったお友だちというのは、ひょっとして女の子だったんじゃないかしら。彼が教えてもらった物語はきっとその女の子のお気に入りのお話で、だからこそ普通の冒険物語とは違って主人公が女の子だったのかもしれないわ」

「なるほど。たしかになんでも兄の真似をしたがるような年頃の子が、女の子が主人公の物語を熱心に読みたがるのは、ちょっと奇妙な気がするね。でも、仲良くなった女の子が夢中になっている本を読みたいという動機があるなら、納得できるな」

アルフレッドは、感心のまなざしで妹を見やった。

「目のつけどころがさすがだね、サラ」

「そんな……たいしたことじゃないわ」

頰を赤らめるサラに、彼はふわりと笑いかける。

「いや、とても興味深い意見だと思う。参考になったよ」

皿に残ったスープを、アルフレッドはパンできれいに拭う。

「その本については、もうしばらく考えさせてもらえるかな？　そうすれば、謎の意味もすべて解きほぐせるように思うんだ」

「謎の意味？」

「うん」

彼は最後のパンを飲みこみ、腰をあげる。

やがて食後のコーヒーを用意し終えると、おもむろにきりだした。

「ところでぼくとしては、その少年たちを連れてきた青年のことも気にかかるのだけれどね。初対面なのに、なかなか話が弾んだようじゃないか」

サラは持ちあげたカップ越しに、上目遣いで兄をうかがった。

「……彼は、兄さまの警戒しているような腐れ狼ではないと思うけれど」

「良家の子息ならなおさら、外面《そとづら》を取り繕うことだけは慣れているものだよ」

「それは自分のこと？」

「おや、ずいぶんと手厳しいね」

「つまりは心当たりがあるわけね」

「まったく、我が家の姫君は口が減らない」

「兄さまに似たのよ。だって――わたしは兄さまの妹だもの」

アルフレッドは一瞬、反撃に驚いたように口を閉ざす。

それから、さも楽しそうに肩をすくめた。

「なるほど。それならしかたがないな」

「わたしのことはともかく、せっかくのお客さまにむやみやたらと喧嘩を売ろうとするのはやめてね。兄さまの焼いたスコーンのことも、とても褒めてくださったのよ」

「ほう。それなら見どころがまったくないわけでもなさそうだ。一次審査は合格といったところかな」

「だったら、二次審査は質疑応答？」

「なごやかな歓談と言ってほしいな」

「最初のお店にいたころ、それとなく知識の差をみせつけて眼鏡の男の人を撃退したことがあったでしょう？」

「さあ、どうだったかな。印象が薄すぎて忘れてしまったよ」

誰よりも美しい顔でしゃあしゃあと言ってのけるのだから、どうしようもない。

サラは大袈裟《おおげさ》にため息をついてみせる。そしてふと、声を落とした。

「わたし、つい彼と明日の約束をしてしまったけれど、あまり関わらないほうがよかったかしら」

「なぜそう思うんだい？」

「あの兄弟……貴族かもしれないわ。爵位についてはロにしなかったけれど、なんとなくそんな気がするの」

「姓は名乗った？」

「貸出帳の記名欄には……そう、たしかロックハートと書いていたけれど」

「それだけではなんともいえないかな。でも、あまり気にしすぎることはないよ。いずれにしろ、彼の夏季休暇が終わったら頻繁《ひんぱん》に顔をだすこともなくなるだろうしね」

一呼吸おいて、サラはうなずく。

「ええ、そうね」

「残念かい？」

「いいえ。わたしたちの居場所を、叔父さまに知られる危険は避けたいわ。わたしが一番怖いのは、兄さまといっしょにお店を続けていけなくなることだもの」

「ぼくもだよ、サラ」

アルフレッドは穏やかに同意する。

けれどサラは知っていた。ふたりの願いは、まったく同じわけではないのだと。

兄の望みは、両親の死の真相をつきとめること。

そして叔父から、侯爵家の当主の座を奪いかえすこと。

そのうえで、妹のサラを非の打ちどころのない青年貴族に嫁がせてやること。

だからアルフレッドにとって、いまの暮らしはいつか終わりを告げる休暇にすぎない。

終わるはずの休暇だからこそ、彼はその日々を慈しみ、楽しむことができるのだ。

カップを口許に運びながら、アルフレッドがたずねる。

「ところで、彼はどんな本を借りていったんだい？」

サラは意識して、明るい声をつくった。

「ウェルズ先生の『タイムマシン』よ」

「それはまた――」

「凡庸な選択だとか言わないでね。空想科学小説はいかがですかって、おすすめしたのはわたしのほうなんだから」

タイムマシンとは、自由に時間航行ができるという設定の架空の機械だ。

そのタイムマシンを発明した時間旅行者《タイム・トラヴェラー》の青年が、八十万年後の世界での驚くべき体験を語るという形式で物語は進んでゆく。

そして結びにおいて、青年はふたたび時空の旅にでるのだ。

しかし彼は、そのまま三年経っても十九世紀のロンドンには戻ってこない。

未来か過去か、時空のかなたに消えた彼は、もはや二度と現代世界に帰ってくることはないのかもしれない――。

そうほのめかして、物語は幕を閉じるのだ。

事故のためか、それとも彼自身が望んで旅先の世界に留まっているのか。想像の余地を残した終わりかたが、サラは好きだった。

「でも、ウェルズ先生はどうして、時間旅行の舞台に未来世界を選んだのかしら」

小説の展開そのものに、不満があったわけではない。ただ、もしも自分がタイムマシンという夢の機械を使えるのなら、間違いなく未来より過去に飛ぶことを望むだろうとサラは思うのだ。

もしも両親の死んだ日に戻れるなら。

あの惨劇を阻止することができるなら。

そんなふうに考えてみたことは、幾度もある。

「私見だけれど、ウェルズ先生は現代社会の問題を、極端なかたちで未来社会に投影することで浮き彫りにしたかったのではないかな。彼の作品には、そうした意図の見受けられるものが多いからね。あとは単純に、過去に向かう旅を書くのが難しいからという理由もあるかもしれない」

「そうかしら？」

兄の見解がいまひとつ腑に落ちず、サラは首をかしげる。

「たとえば、そうだな……時間旅行者の青年が過去に旅をして、そうと知らずに自分自身の祖父を殺してしまったとしよう。祖父はまだ若くて、青年の祖母になるはずの女性にも出会っていなかった。この状況がなにを意味するかわかるかい？」

サラは、あっと声をあげた。

「祖母と出会わないうちに祖父が死んでしまったら、青年の親が生まれることもなくて、孫にあたる青年も最初からいないことになるわ！」

「うん。でも青年が存在しないなら、青年の祖父が殺されることもないはずだね。つまり祖父は祖母と出会い、やがては青年も誕生することになる」

「え？」

「その青年は時間旅行者として過去に旅をして、祖父を殺してしまう。そうなれば、青年は生まれないので、祖父も死なないことになる。このねじれた連鎖を、いったいどう理解したらいいだろうね」

「ん……んん……」

考えれば考えるほど、頭が混乱してわけがわからなくなる。

眉間に深いしわを刻むサラをまのあたりにして、アルフレッドはほがらかに笑った。

「要するに、時間遡行《そこう》を現実に起こりうる現象として説明を試みようとすると、とたんに一筋縄ではいかない問題がついてまわるということさ。だからね、サラ」

そう呼びかけて、彼はふいに真剣な瞳になった。

「変えられたかもしれない過去について、考えすぎてはいけないよ。どんなに望んでも、ぼくたちは過去に戻ることはできない。死ぬまで、時の流れのままに歩み続けるしかないのだから」

サラははっとする。そして無言のまま顔をうつむけた。

彼女の囚われていることなど、兄にはお見通しなのだ。

「――ええ、兄さま」

サラがこくりとうなずくと、アルフレッドは表情をゆるめた。

「もっとも、それに抵抗したい願望は誰にでもあるからこそ、『タイムマシン』が人気作になっているのだろうけれどね。好奇心のままに遠い過去や未来の世界を覗いてみたい人もいれば、人生の分岐点まで時間を巻き戻したい人もいるだろうし」

「幸せなこの瞬間に留まりたい、と願う人もいるかもしれないわ」

「ファウスト博士のように？」

「ええ。時よとまれ――」

「汝《なんじ》はいかにも美しい」

「……そうか。問題は彼女の時間にあったのか」

すかさず続けたアルフレッドは、はたと動きをとめた。

「どうかしたの、兄さま？」

アルフレッドは、晴れやかな顔をサラに向ける。

「いまのおまえの言葉で、例の本にまつわる謎が解けたのさ」

「え……それなら、あの子の読みたがっていた物語がわかったの？」

「渡すべき本の見当なら、すでについていたんだ。ただこの件には、いろいろと気になる点もあったからね。真相に思い至るきっかけをおまえが与えてくれて、助かったよ」

「わたし、そんなつもりはなかったのだけれど」

自覚のないサラは、とまどうばかりである。

「おそらく、ぼくたちがこの件に関わるのは、彼ら兄弟にとって悪いことにはならないと思う。詳しいことは、おまえから兄の青年に説明してあげたらいいよ」

サラはじっと兄をみつめる。そして静かに姿勢を正した。

「あの子たちの来店には、なにか複雑な事情が隠されていたみたいね」

「うん。動機はむしろ、純粋なものだと思うけれどね」

純粋な動機。たしかにあの子たちにはふさわしい。

アルフレッドは穏やかにほほえんだ。

「まずは——そう。兄弟おそろいのハンカチーフの話から始めようか」

3

「その声、どうなさったんですか」

サラは唖然《あぜん》として、ヴィクターにたずねた。

約束どおりに来店した彼の声は、昨日とは別人のようにかすれていたのだ。

「それが……弟たちにねだられてずっと読み聞かせをしていたら、こんなありさまに」

「まさかあの『タイムマシン』を？」

「最後の一行までね」

「それは……大変でしたね」

朗読というのは、じつは見かけよりも重労働なのだ。慣れていなければなおのこと、力の抜きどころもわからず、くたびれたことだろう。

「あげく読みかたが下手だとか、声が悪いだとか、ちびのくせに文句だけはうるさくて」

「ちびじゃないよ！」

「ないよ！」

カウンターの向こうで、お約束のように反論の声があがる。

サラは苦笑しつつ、ヴィクターにささやいた。

「いつものナースの語り口が耳になじんでいて、違和感があったのかもしれませんね」

「マージが基準じゃあ、比べる相手が悪すぎるよ」

ヴィクターはやれやれと首を横にふる。

「それで、昨日の件だけれど」

表情をひきしめ、サラはうなずいた。

「そちらでお話ししますので、お待ちください」

サラは用意していた本をたずさえて、カウンターから店のほうにまわる。手をつないだ少年ふたりと向かいあい、そっと膝を折ると、末っ子のエリオットに話しかけた。

「坊ちゃん。申し訳ありませんが、お探しの物語が載った本はありませんでした」

「……ご本、ないの？」

「はい。ご期待に添えなくて、すみません」

サラが告げると、エリオットは泣きだしそうな顔になった。

傍観していられなくなったのか、ヴィクターが横から口を挟む。

「それは、この店には置いていないっていうことなのかな。それとも――」

「おそらく最初からどこにも存在しないだろうというのが、兄の結論です。でもあのお話の種になったはずの物語なら、見つけることができました」

「種？」

サラは顔をあげ、ヴィクターの視線を受けとめた。

「種というより、苗のほうが近いかもしれませんが。その物語が載っているのが、こちらの本です」

手にしていた本を、サラは彼らに向ける。

ジョーゼフ・ジェイコブズの『ケルト妖精物語　第二集』である。

「この本には、おもにアイルランドやスコットランドの一部に伝わるケルト文化の説話が収められています。たくさんの研究者によって収集された民間伝承を、民俗学者の著者が子どもたちも楽しめるように書き改めたものなんです」

厳選された二十の物語のそれぞれは、ジョン・D・バトンの表現豊かな挿絵で飾られている。そのうちの一篇のページを、サラは開いてみせた。

「この『黒い馬』という物語が、坊ちゃんからうかがったお話とよく似ているんです」

ヴィクターがけげんそうにつぶやく。

「黒い馬？　でも昨日のエリオットの話に、馬のことなんて……」

「この物語の主人公は、ある国の王子です。王子はなりゆきで供にした黒い馬といっしょに、いろいろな冒険をします。馬はすばらしい駿足で、どんな場所にもひとっ飛びで王子を連れていってくれるんです。そして海の国の王子に頼まれて、王子はいくつもの宝物を探すことになります」

「……その流れは、たしかにエリオットの話と同じだな」

「結末までの細かい展開には、差があるんです。王子は男性なので、人の姿に戻った馬と結婚はしませんし。でもこの物語が下敷きにされているのは、確実だと思います」

決定的な差異は、王子と馬の組みあわせが女の子と犬に置き換えられている点だ。それだけで、物語の印象はずいぶん変わる。だからさすがのアルフレッドも、この物語をすぐには思いだせなかったのだ。

「主役が王子から女の子に、馬から犬に変化したのには、そうするだけの理由があったのだとわたしたちは考えました。もし『黒い馬』の語り手が、より聞き手に親しみを感じてもらうために、あえて物語の内容に工夫を凝らしたのだとしたらどうでしょうか」

「聞き手に親しみを……」

ヴィクターは、ややしてから目をみはった。

「ああ！　つまり聞き手は小さい女の子だったとか、そういうこと？」

「ええ。そして小さな女の子にとって、冒険のお供になってもおかしくない身近な存在といえば、馬よりも犬のほうがしっくりきますので」

「それで、女の子と犬の組みあわせか」

「馬が犬に変えられただけではなく、あえて〝白い犬〟と色まで限定されていることからして、実際にそのような犬が女の子のそばにいた可能性は高いはずです」

小さな女の子なら、物語の展開と同じように、大きな飼い犬の背中に乗って遊ぶこともあったかもしれない。

「ここからは想像の範疇《はんちゅう》ですが、その物語が最初に語られたとき、女の子は犬を亡くしたばかりだったのかもしれません。親友のような、恋人のような、大切な飼い犬を失った女の子にとって、死んだ犬が青年の姿になってよみがえり、彼と結ばれるという結末の物語ほど、慰めになるものはないと思いませんか？」

死者は決して甦《よみがえ》らない。

流れた時間は巻き戻せない。

その哀しみをしのぐために、やさしい夢が必要なときもある。

この世の残酷さにまだ慣れていない幼子なら、なおのこと。

「女の子と白い犬が登場する『黒い馬』の物語は、ただひとりの女の子のために編み替えられた特別製の――カスタム・メイドの物語だったのだと思います」

「つまりエリオットはその女の子と公園で知りあって、彼女だけの物語を教えてもらったわけか」

「いいえ」

「違うのかい？」

「その物語を与えられた少女というのは、おそらくマージさんの妹さんです」

「え……マージの？」

ヴィクターは混乱した顔で、前髪に手をさしいれた。

「じゃあ、エリオットはマージからその話を？　いや、でも昨日は友だちに聞いたって」

「それは――」

サラはラウルに視線を移した。

「お友だちのことは、とっさの機転でエリオットさまに助け船をだされただけだったのではありませんか？」

「そうだったのか、ラウル？」

ラウルはうつむき、口をかたく結ぶ。

「ひょっとしておまえたち、おれになにか隠していることでも……」

ヴィクターが弟たちを問いただそうとするのを、サラは目顔でとめる。

「お兄さまに本当のことをお話ししても、おふたりの想像なさっているようなひどいことには決してならないと思いますよ。誰も困ることのないよう、かならず助けになってくださいます」

「……ぼくたちの考えていることがわかるの？」

ラウルがすがるようにサラをみつめる。

はい、とサラはうなずいた。

「おふたりは、マージさんを守ってさしあげたかったのですね？」

そのとたん、エリオットの目の縁に涙が盛りあがった。

「う……う……」

うわあん、とエリオットは大声で泣きだした。

ヴィクターが、ぎょっと身をのけぞらせる。

「なな、なんだよ。いったいどうしたんだ」

「マージが死んじゃう。死んじゃううう！」

　ぽろぽろと涙をこぼしながらエリオットが叫ぶと、ヴィクターはますますうろたえた。

「ちょっと待ってくれ。なんだって急に、マージが死ぬなんてことになるんだ？　たしかにけっこうな齢《とし》だけれど、さっきだって普通に元気だったじゃないか」

　すると、ついにラウルが耐えきれずに声をあげた。

「元気でものたれじにをしちゃうんだよ！」

「のた……野垂れ死に？」

　一向にわけがわからないという顔のヴィクターに、サラは説明する。

「たぶん、マージさんが冗談半分でおっしゃったことを、言葉のままの意味で信じこんでしまわれたんだと思います。ヴィクターさまが子どものころにも同じようなことがあったと、昨日うかがいました」

「昨日？　ああ……おれが悪い子でいるとナースの責任になるから、マージは解雇されて路頭に迷うだろうっていう、あの脅し文句のこと？」

「はい」

　サラは立ちあがり、ヴィクターに向きなおった。

「坊ちゃんがたは、その言葉をこう解釈なさったんです。ナースがちゃんと職務を果たせない状況になれば、屋敷を追いだされてしまう。そうなれば、マージさんは住むところも食べるものもなくなって、死んでしまうのだと」

「真に受けたわけか。でも、マージが解雇されるなんてことはないよ。マージだって最近のふたりがどれだけ行儀よくしていたか、おれが帰省してから熱心に話して聞かせてくるくらいなんだし」

「くりかえし何度も、ですか」

「ああ。屋敷内で顔をあわせるたびくらいにね」

「どこか、その様子が不可解だと感じたことはありませんでしたか？」

「不可解？　いや、特にはなにも……」

そのとき、ラウルがぽつりと洩《も》らした。

「マージはぼくのこと……時々、兄さまの名まえで呼ぶんだ」

「え？」

ヴィクターはぽかんとする。

サラはラウルをうかがった。

「マージさんが最初にそう呼びかけたのはいつのことか、憶えていらっしゃいますか？」

「……一カ月前くらい」

「そのことは、誰にも？」

ラウルはくちびるを噛《か》みしめ、左右に首をふる。

「言えないよ。マージがぼくのこと、忘れちゃうなんて」

「忘れるわけがないだろう。おまえはおれより明るいブロンドなところ以外、子どものころのおれとよく似ているから、ちょっと勘違いしただけさ」

「でも兄さまがぼくに似ていたのは、十年以上も昔のことだよ」

「それは、そうだけれど」

ヴィクターはくちごもる。その直後、息をとめた。

「まさか、彼女――」

サラは否定をしないことで、肯定を伝えた。

ヴィクターの動揺を、サラはもっともなものとして受けとめる。良家の子女にとって、ナースとの精神的なつながりがじつの母親以上に深い場合はままあるのだ。悪い子でいるとナースが解雇されて云々《うんぬん》という諭しかたも、突き放しているようでいて、両者に強い絆があるからこそ通用するやりとりだ。

「ただの物忘れとは異なる、そうした記憶の混乱や脱落が生じる病は、決してめずらしいものではないそうです。お齢を召されたかたには」

「でも、そんな」

途方に暮れたように、ヴィクターがつぶやく。

「あのマージが、そんなことになっていたなんて……」

「子ども部屋というのは、お屋敷内でも独立した秩序を保っているものですから」

子ども部屋は閉ざされた世界だ。

なによりも規律に基づいた生活が重視され、それを監督するナースは子どもたちと食事をともにし、私室も子ども部屋のそばにあることが多い。だから、ナースが階下の使用人たちと親しく接する機会は、ほとんどないのだ。ナースメイドとも仕事の領域は分担されているので、実際に顔をあわせている時間はさほど多くないだろう。

「規則正しい生活というのは、変化の乏しい生活でもあります。だからこそ、マージさんは長年の習慣をくりかえすことで、日常に対応できていたのかもしれません」

たとえ意識があやふやになることがあっても、時計さえ確認すれば自分のするべきことがわかる。子ども部屋のスケジュールは、細かく定められているものなのだ。

「いつもマージといっしょにいるエリオットたちだけが、異変に気がつくことができたというわけか」

ヴィクターは目許をゆがませる。

なにも知らず、見抜くこともできなかった自分のふがいなさを悔やむように。

その表情の奥から、傷ついた弟たちとよく似た悲しみが垣間見える気がして、サラは彼から視線を外した。

「いつから兆候がみられたのか、現在の病状がどの程度のものかはわかりません。けれどたとえば、親しい誰かを亡くしたり病気で伏せったりといったような、生きる張りあいを失う出来事がきっかけになって症状が悪化することも多いようだと……わたしの兄がそう言っていました」

マージは二カ月ほど前、妹の葬儀のためにしばらく休暇をとったという。

「妹の死が、きっかけになったと？」

「かもしれません」

マージにとって妹の存在がどれだけ大きかったかは、ナースの仕事の原点として子ども時代を語った彼女の言葉からも明らかだ。

「想像を、してみていただけませんか」

サラは静かに口にした。

「ナースが読み聞かせをするとき、幼い子どもを膝に抱きかかえるのはめずらしくありません。マージさんがエリオットさまにそうするとしたら、彼女の目に映るのはエリオットさまの後頭部――つまり金色の髪だけになります。たしか子どものころのマージさんは、ブロンドの美人姉妹として近所でも有名だったそうですね」

「あ」

その瞬間、ヴィクターはすべてを了解した顔になった。

「子どものころの妹と、いまのエリオットを混同したのか。それで妹のために考えた物語を、エリオットに……」

「エリオットさまは、女の子と白い犬の物語をよく憶えていらっしゃいました。そのお話を、マージさんはくりかえしエリオットさまに語られたのではないかと思います。かつて妹さんにせがまれたという記憶が、強く残っていたのかもしれません」

「ぼく、頼んでないのに」

ひっく、とエリオットがしゃくりあげる。

「マージはご本もないのに、何回もおんなじお話をするの」

ラウルも悲愴な顔で訴える。

「マージがエリオットにお話をするときは、いつも絵本を指さしながら読み聞かせることになってるんだ。だからそうじゃないマージをエレンに見られたら、きっと変だって思われる」

エレンはうちのナースメイドだ、とヴィクターがサラに教える。

「だからどうしても、マージのお話の本を探さなくちゃならなかったんだ。その本があれば、エリオットのほうがマージにお願いして、何度も読んでもらっていることにできるでしょう?」

ナースの様子がおかしいと察すれば、ナースメイドはきっと家政婦《ハウスキーパー》に報告するだろう。もちろん彼女に悪気などないし、使用人としてもそうすべきだ。雇い主の大切な子息に、なにかあってからでは遅いのだから。

だがその結果、マージがナースの任を解かれるのは、この少年たちにとって耐えがたいことだった。だから彼らは行動にでた。彼らの頭で精一杯に考え、彼らにできるやりかたで、大切な人を守ろうとした。

エリオットがふたたび涙をあふれさせる。

「マージがおかしくなっちゃった。ぼくが良い子にしてなかったから、ぼくのこと、忘れちゃった」

「それは違います、エリオットさま」

サラはもう一度しゃがみこんで、エリオットと目線をそろえる。

「マージさんは、タイムマシンの旅で心が迷子になってしまわれただけです」

「たいむ、ましん？」

ぐずついた声で、エリオットが問いかえす。

「昨日、お兄さまが読んでくださった物語を、憶えていらっしゃるでしょう？　過去にも未来にも、好きな時代に旅行ができる夢の機械です」

エリオットは、こくりとうなずいた。

「人は誰でも、心にタイムマシンを持っているんです。エリオットさまも、お兄さまがたといっしょに遊んだ楽しい時間のことを、もう一度その日に戻ったような気持ちで思いだしてみることがあるのではありませんか？」

「……うん、ある」

「そんなとき、坊ちゃんの心はタイムマシンに乗って過去に旅をしているんです」

　エリオットは口をつぐみ、しばらくしてから弱々しくたずねた。

「マージも、旅をしているの？」

「ええ。マージさんは妹さんを亡くされたばかりですから、かわいがっていらした妹さんがまだ生きていらっしゃった過去に旅をしたいと望まれたんでしょう。でも心が悲しみに染まりすぎると、その心を乗せたタイムマシンは故障を起こしてしまうことがあるんです。だからマージさんの心は、時々こちらの時代に戻ってこれなくなってしまっているんです。決して坊ちゃんを忘れたいと思っているわけではありません」

　涙で頰に張りついたエリオットの髪を、サラはそっと除《の》けてやった。

　そして、不安げにこちらを見つめているラウルと、視線をあわせた。

「大切な人を助けるために、お兄さまにまで嘘《うそ》をつくのは辛かったですね」

　とたんにじわりと浮かびあがった涙を、ラウルはあわててごしごしと拭う。

　今回の件で誰よりも責任を感じ、心を悩ませていたのは彼だろう。ひとりの人間を守り抜くという仕事は、たった八歳の少年には重すぎる。

「お兄さまもきっとわかってくださるはずです。おふたりとも立派な紳士でいらっしゃると、わたしは思いますから」

サラは腰をあげ、ヴィクターをふりむいた。

「たしかに、それを認めてやらないわけにはいかないな」

ヴィクターは片頬で苦笑いする。

「だけど、わざわざこんなまわりくどいやりかたをしなくてもよかったのに。ラウルも、まずはおれに相談しようとは思わなかったのか？」

「だって、兄さまはきっと……」

「ラウルさまはわかっていらっしゃったんです。お兄さまが、坊ちゃんたちにとって最善の道を選ばれるはずだということが」

ヴィクターが弟たちの身の安全を考えれば、マージの状態を知ったうえで彼女がナースでいるのを看過することはできないだろう。

「兄さま、マージをやめさせないで！」

「ないで！」

ラウルとエリオットが、ヴィクターにしがみつく。

「ちょ、ちょっと待て！　ふたりとも、とにかくおれの話を聞くんだ」

ヴィクターはしゃがみこみ、弟たちの肩をつかんだ。

「いいか、おまえたちは勘違いをしている。マージにはおれも姉さまもおまえたちも散々世話になったんだから、仕事をやめることになっても屋敷から放りだしてそれっきりなんてことはない。父上は充分な年金を支払うだろうし、彼女にだってそれなりの蓄えはあるはずだから、道端で飢え死にするなんてことにはならないさ」

「年金ってなに？」

「なに？」

「生活するのに必要なお金を、毎年あげることだよ。マージの今後の暮らしについても、状況に応じて父上が手配をしてやるはずだ。父上はなにより体面を重んじるから、無碍《むげ》な扱いをすることは絶対にない」

「体面ってなに？」

「なに？」

「ん……他所《よそ》の人からどう思われるかってことさ。忘れていい」

とにかく、とヴィクターは声音を強めた。

「この件はおれから父上に報告しておく。だからこれ以上、おまえたちが心配をすることはなにもない。わかったな」

ラウルとエリオットは顔を見あわせ、うなずいた。

「よし」

ヴィクターは、弟たちの髪をくしゃくしゃとかきまわした。

「ああもう、エリオット。顔がべとべとじゃないか。紳士なら洟《はな》をかめよ」

ポケットからハンカチーフをひっぱりだし、エリオットの顔にあてがう。

「ほら、ちーんってしろ。ちーん」

エリオットは素直に、兄の言うとおりにする。

サラも昔、アルフレッドにそんなふうに面倒をみてもらったものだ。

ヴィクターは、洟水ですっかり湿ったハンカチーフを所在なく見おろしたあと、丸めてポケットにつっこむ。そして離れた場所から見守っていたサラの視線に気づくと、決まり悪そうに腰をあげた。

「なんと言ったらいいか」

言葉を探しながら、彼はこちらに足を進めてくる。

「きみにはすっかり世話になってしまったな。本を探してもらっただけじゃなくて」

「隠されていた真相を看破したのは、兄のほうです。わたしは兄からいくつかの手がかりを教わって、ようやく思い至ることができただけで」

「だとしても、ちびたちをなだめてくれたのはありがたかったよ。おれでは、あんな話はとてもできないから」

「お役にたてたのなら、なによりです」

「うん、本当にありがとう」

ふたりはようやく、ほっとした心地で笑みをかわした。

「その本、見せてもらってもいいかい？」

もちろんです、とサラは胸に抱きしめていた本をさしだす。

「『ケルト妖精物語』か。こんな本があるなんて知らなかったな」

興味深そうに目次を指でなぞり、さっそく『黒い馬』の冒頭に目を走らせる。

「ああ、本当だ。主役は王子と黒い馬なんだね。でも、どうして……」

「なにか、気にかかることでも？」

「いや、たいしたことじゃないんだ。ただマージが原案にした『黒い馬』はこうして本になっているのに、この話をおれもまったく知らなかったのはなぜだろうなと思って。おれたちに読ませる本を選ぶのは、マージの裁量に任されているはずだから」

彼女にとって思い入れのあるだろう『黒い馬』を、自分たちに読み聞かせなかったことは、むしろ奇妙に感じるとヴィクターは語った。ナースの職務は教育でもあるから、低俗とされる本を与えることはできないが、こうした子ども向けの説話集なら咎《とが》められることもないだろうに、とも。

「ケルトの説話の研究は今世紀の半ばから盛んになりましたけれど、それはあくまで学術的なもので、子どものための読みものとして出版されるようになったのはごく最近のことだそうです。ジェイコブズの著作はその初期のもので、この本が出版されたのは一八九四年なんですよ」

「たった四年前？　おれが子どものころには、本そのものが存在しなかったのか」

「ええ。マージさんが最近の出版事情についてどこまでご存じかはわかりませんが、現在のお屋敷ではすでにヴィクターさまとお姉さまを育ててあげていらっしゃるわけですから、おふたりが親しんでこられた本をそのまま下の坊ちゃんがたにも……と考えていらしたのかもしれません」

「ああ、それは自然なことだな」

同じものを読んで育ったという経験は、兄弟の絆を強めることにもなるだろう。

だがすぐに、ヴィクターは首をかしげた。

「だとしたら、マージが子どものころから『黒い馬』を知っていたのは……」

「きっと、本来のやりかたでご自分の糧《かて》になさったのだと思います」

「本来のやりかた？」

「語り伝えです。個人的なことをうかがいますが、マージさんはアイルランドに縁のあるかたではありませんか？」

「そういえば、母親が北アイルランドの出身だと聞いたことがあるような」

「そのご記憶はおそらく正しいと思います。昨日、坊ちゃんがたの持っていらしたハンカチーフには、アイリッシュ・クロッシェレースの縁取りがほどこされていました。あれはマージさんの手がけられたものでは？」

「ああ、そうだと思う。おれも昔は同じようなものを持たされたよ」

「アイリッシュ・クロッシェレースは、アイルランドに伝わる伝統的な技法のレース編みなんです。マージさんはきっと、近しい女性から編みかたを教わったのだと思います」

「『黒い馬』みたいな民話も、上の世代から口伝えで教わったというのかい？」

「はい。ケルトの文化は、アイルランドにもっとも色濃く残っていますから」

おそらくは読み書きもできない、名もなき民たちは、千年以上のあいだ自分たちの物語を伝え守り抜いてきた。

だからこうした物語に、ひとつの正解というものは最初から存在しないといえる。

ジェイコブズの本に収められた物語も、さまざまな類話を照らしあわせて、誰もが納得できるわかりやすい展開に編集統合したものなのだ。

「それならマージの知っていた『黒い馬』も、この本に載っている『黒い馬』とそっくり同じだとはかぎらないんだな」

サラは深くうなずいた。

「わたしたちにとっては、文字で記された物語を読むことがあたりまえになっています。でもそもそも物語というのは、時代や土地や、話し手や聞き手の個人的な状況によって、自在に変化をくりかえしながら語り継がれるものなんだと思います」

どんな物語も心に届かなければ、ただの言葉の羅列でしかない。

だからマージは、幼い妹に対して誠実な語り手だったのだ。

手にした本に目を落とし、ヴィクターがつぶやく。

「この本のこと、マージに教えたら喜ぶかな」

「……そうであれば、わたしも嬉しいです」

そしてサラは想像してみる。もしもいつの日か、人生の記憶を失うときがやってくるとしたら。そのとき最後まで心に残り続けるのは、いったいどんな物語なのだろう。自分が誰かに語った物語だろうか。それとも、誰かが自分に語ってくれた物語だろうか。サラにとって、誰よりも大切な人が——。

「この本はエリオットの名義で借りることにしてもいいかな？　おれの『タイムマシン』は持ってきていないんだ。今度はひとりで読むことにしようと思って」

「二週間以内でしたら、いつでもお好きなときに返していただいて大丈夫です。結末まで読み聞かせをなさったのなら、坊ちゃんがたも楽しめたのでしょうか？」

「ああ、めずらしい冒険物語を楽しむ感覚だったみたいだよ」

ヴィクターは屈託のない笑顔になった。

「もちろん、おれにとってもおもしろかった。八十万年後のロンドンの描写に、いつのまにか夢中になっていたよ。現代文明のなれの果てがああなのかと思うと、考えさせられたな。なんだかやりきれないような気分にもなったけれど、それもまた読書の醍《だい》醐《ご》味《み》だろうからね」

「でしたら、改めて挑戦されてみて正解でしたね」

すすめてみてよかった、とサラも幸せな気分になる。

「うん。一度この本を読みかけてやめた理由も、ついでに思いだしたよ。あのときのおれは、時間旅行者が未来をめざす展開にちょっとがっかりしたんだ。おれがタイムマシンを発明したなら、まっさきに過去に飛ぶだろうと思って」

あ、とサラは息を呑んだ。

「ちょうどそのころ、おれにはひどく気がかりなことがあったんだ。ずっと尊敬していた寄宿学校の先輩が事件に巻きこまれて、それ以来、音信不通になってしまったのが心配でならなかった。もし頼ってもらえたならどんなことでもするつもりでいたのに、生死すらわからないままだなんて耐えられなかったんだ。だから――」

手中の本を、ヴィクターは強く握りしめる。

「だからタイムマシンが使えるのなら、おれは未来になんて飛ばない。あの事件が起きてしまうより過去に飛んで、その先にどんな結果が待っているか、なんとか先輩に伝えたいと思ったんだ」

「音信不通の、先輩……？」

サラがつぶやいた、そのときだった。

背後から、涼やかな声が届いたのは。

「その先輩は、きっと喜んでいるだろうね。かわいい後輩にそこまで気にかけてもらえるなんて」

ヴィクターが動きをとめる。そしてサラの肩越し、奥からの扉のそばにたたずむアルフレッドの姿をとらえたとたん、白昼夢をまのあたりにしたように立ちつくした。

ふるえる声が、彼のくちびるから洩れる。

「……そんな、どうして」

「大きくなったね、ヴィクター」

ヴィクターがふらりとよろめいた。

呆然とするヴィクターと、悠然とかまえるアルフレッドをサラは交互にみつめる。

これはいったい、どういうことなのだろう。

「兄さまの……お知りあいだったの？」

アルフレッドは優美にほほえんだ。

「彼かい？　ぼくの忠犬さ」

第二話

春と夏と魔法の季節

LONDON
ALF
LAYLAH
WA
LAYLAH

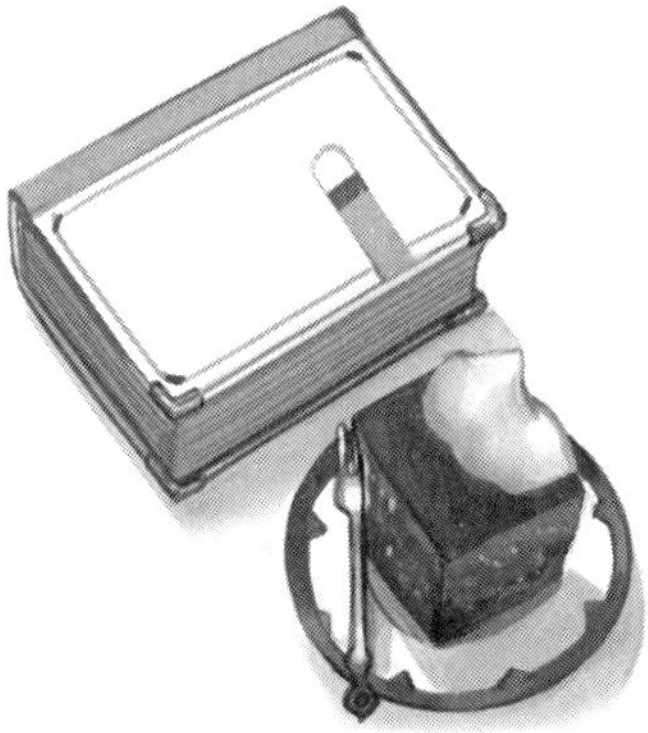

1

「人が悪いにもほどがあるわ、兄さま」

「人が悪いにもほどがあります、先輩」

サラとヴィクターは、口をそろえて抗議した。

午後九時。すでに営業時間を終えた《千夜一夜》の店内である。

さきほど劇的な再会を果たしたヴィクターを、アルフレッドは改めて店に招いた。

客としてではなく、懐かしの学友として。

そして、長くなるだろう話をするために。

「昨日から、ちょっとおかしいとは思っていたのよ。兄さまがあんなふうにお店を留守にすることなんて、これまでになかったもの」

アルフレッドは昨日の時点で、すでにヴィクターの来店に気がついていたのだ。

台所に用意されていたクリーム・ティーも、サラが三兄弟の接客を始めてから準備したものだったのだろう。そうして外出中を装いながら、ひそかになりゆきをうかがっていたのだ。にもかかわらず、ずっと素知らぬ顔をしていたなんて。

「まあまあ、ふたりともおちついて」

アルフレッドは、あくまで余裕の表情を崩さない。

「店のほうからどこか聞き憶えのある声がすると思ったら、ぼくのかわいい妹とかわいい後輩がなごやかに語らっていたんだ。兄のぼくがしゃしゃりでては、せっかくの出会いの場面が台無しになってしまうだろう？　過去の因縁を明かすのは、最後の一行までとっておく。それこそ気の利いた演出というものさ。果たして若きふたりの運命やいかに。次号を刮目《かつもく》して待て、というわけだよ」

どこまで本気なのか判然としない口調で、アルフレッドが流れるように語る。

「ぼくの期待どおり、ふたりとも最初からおたがいに好感を持ってくれたようで、嬉しいかぎりだよ」

サラとヴィクターの視線が、カウンター越しにぶつかりあう。

ふたりはあたふたと目をそらすと、言い訳のように口にした。

「……それは、彼が兄さまの大切なお友だちなら、当然のことだと思うわ」

「……それは、彼女が先輩のかけがえのない妹君なら、当然だと思います」

「ふたりとも、そうやって感情表現の奥ゆかしいところもよく似ているね」

アルフレッドはゆるやかに微笑する。

「もっとも、ヴィクターがもしもサラに対してなれなれしく失礼なふるまいに及んでいたら、ぼくは自分の教育の成果に失望するところだったけれどね」

「う」

ぎょっとしたように、ヴィクターが顔をひきつらせた。昨日以来のサラとのやりとりを反芻《はんすう》しているのか、視線がおちつきなく宙をさまよっている。

「兄さま。ヴィクターさまは最初からずっと紳士的に接してくださったんだから、そんなふうにいじめるのはやめて。音信不通の兄さまのことだって、ずっと心配してくださっていたのよ」

ヴィクターは言っていた。もしもタイムマシンが使えるのなら、サラたちの人生を一変させたあの事件を阻止するため、過去に飛ぶことを望むだろうと。サラを当事者とは知らないまま吐露《とろ》されたその願いに、彼女は胸を打たれた。昨日までは存在すら知らなかった彼のことが、にわかに近しく感じられたのだ。

「そうだね。ぼくもヴィクターのことはずっと気がかりだった」

真摯《しんし》な声だった。

はっとしたヴィクターを、アルフレッドがまっすぐにみつめる。

「心配をかけたね、ヴィクター。連絡を取らずにいて、本当にすまなかった」

ヴィクターは息をとめ、顔をうつむけた。

伏せられた睫毛《まつげ》が、かすかにふるえている。

「……おれは信じていました。先輩はどこかでかならず生きているはずだ、失踪したことには深い理由があるはずだって。だからもしも明かしたくない事情があるというのなら、おれは訊きません。元気そうな先輩と再会できただけでも充分ですから」

「おかげさまで、かわいい妹とふたりきり、悠々自適の生活だよ」

冗談めかした返答に、ヴィクターは苦笑する。

「そのようですね」

「でも、こういうかたちできみと邂逅《かいこう》できたからには、もう隠しごとをするつもりはないよ。そうだな……まずはきみのほうから教えてくれないか。あの事件を、きみはどのように把握している？」

ヴィクターは口を開きかけたところで、ちらりとサラのほうをうかがった。

察したアルフレッドが、隣のスツールに腰かけたサラに問う。

「どうする、サラ？」

「お邪魔にならないのでしたら、ぜひわたしにも聞かせてください」

ヴィクターはうなずき、表情をひしきめた。

「三年前のあの日、先輩の生家──スターリング侯爵家の本邸では、盛大な舞踏会が開催されていました。招待客は王族を含め、各国大使などの要人がそろい、彼らが屋敷に滞在している期間には植民地問題等をめぐる会談が行われる予定だったと……あ、このことは官庁街《ホワイト・ホール》とつながりのある知りあいや、父から聞きました。なんとかして事件の全容をつかみたいと思って」

「うん。きみならきっとそうするだろうと思っていたよ」

先をうながされたヴィクターは、慎重に、言葉を選ぶように語りだした。

「その夜、もちろん主催の侯爵夫妻は、舞踏室で客人たちをもてなしていらした。ですがいつのまにか、おふたりの姿が舞踏室の周辺から消えていたといいます。その正確な時刻については結局わからずじまいだったようですが、主人の不在を知った執事が急いで部下に捜させた結果……」

階上の一室で、夫婦そろって変わり果てた姿になっているのが発見されたのだ。

母は心臓を、父はこめかみをきれいに撃ち抜かれた状態で床に倒れていたという。

そして部屋には内鍵がかかっており、室内に残された銃は、父が右手に握りしめていた一丁のリボルバーのみ。

「つまりご両親は同意のうえで順に自殺をなさったか、あるいはなんらかの理由のために父君が奥方に向かって引き鉄を……そしてご自身の行いを裁くために、自害を図られたのではないか、と考えられます。ですが、不可解なことに……」

「翌朝になってみると、侯爵夫妻の子どもたち――つまりぼくとサラの姿が、忽然《こつぜん》と屋敷から消えていた。以来その行方は杳《よう》として知れない、というわけだね」

アルフレッドはみずから、その先の展開を口にする。

「侯爵家当主の嫡男が失踪したため、爵位は暫定的に当主の弟が継ぐことになった。あの晩、あの屋敷に滞在中だった、ぼくらの叔父がね」

　おもわず身をこわばらせたサラの背に、アルフレッドがさりげなく手をまわす。じわりと伝わるあたたかさが、サラに安心を与えてくれる。

　父の弟である叔父は、サラたち兄妹をかわいがろうとはしなかった。叔父と対峙するとサラはいつも不安になり、嘲笑《あざわら》うような視線から逃げだしたくなったものだった。

「だからその後、新聞各紙がおもしろおかしく書きたてた真相はさまざまだったね。侯爵夫妻には、愛人をめぐる痴情のもつれがあったという説。爵位を狙った叔父が兄夫婦を手にかけ、その子どもたちもひそかに殺してどこかに遺体を隠したという説。あるいは侯爵夫妻を殺害したのは息子のぼくで、進退窮《きわ》まったあげくいたいけな妹を人質代わりに逃亡したという説」

「言いがかりだ！」

　たまらなくなったように、ヴィクターがさえぎった。

　カップとソーサーがぶつかりあい、か細い悲鳴をあげる。

「先輩がそんなことをするはずがない。そんなものは、ただの無責任な噂話にすぎないんです。そもそも侯爵夫妻が亡くなられていたのは、完全な密室でした。だから犯人を挙げようとすること自体が、馬鹿げているんです」

「密室ではなかったんだよ」

アルフレッドは告げた。

「え？」

「あれはテューダーの治世以来の古い屋敷でね。故《ゆえ》あって匿《かくま》った人間を、当局から逃がすための隠し部屋や隠し通路といったものが、当時のままに残されているんだ。あの部屋もそのひとつで、屋敷内の別の部屋とつながっている。だから密室とはいえないんだ」

ゆっくりと、ヴィクターが目をみはる。

「でも、だとしたら」

「両親の死に、第三者が関与していた可能性は高い。というより、両親が死んでいたのが書斎でもなく夫婦の寝室でもなく、よりにもよって隠し扉のある部屋だと知った時点で、ぼくはそう確信していた。その第三者が誰なのかもね」

アルフレッドは、冷静な声音で教えた。

「ぼくの知るかぎり、屋敷の秘密について詳しく把握しているのは、ぼくたちの祖父の代から仕えている家令《ハウス・スチュワード》と、父の唯一の兄弟である叔父、そして父だけだ。そしてあの晩までの父と家令の関係に、とりたてて問題があったようには思えない」

夜の店内が、しんと静まりかえる。

やがて喉《のど》の奥からしぼりだすように、ヴィクターがたずねた。

「……それなら、すべては叔父君の企《たくら》みだったというんですか？」

「麗しくもない一族の内情を披露するのは、気がひけるのだけれどね。機会さえあれば、叔父がいつ父を手にかけてもおかしくないと、ぼくは思っていたよ。どういう関係だったかは、想像がつくだろう？」

　爵位も領地も財産も、すべてを父親から受け継ぐ貴族の嫡男と、いずれは生家を去って自活しなければならない次男以下の息子たちは、生まれながらに定められた境遇の差から長じて関係がこじれることも決してめずらしくはない。齢《とし》の離れた弟たちに慕われているヴィクターには、実感の湧かないことかもしれないが。

「その機会というのが、あの晩だったと？」

「考えてみてごらん。あの部屋には隠し通路につながる扉があった。つまりその秘密さえ知っていれば、両親の殺害をどのような物語で隠蔽《いんぺい》しようと思うがままなんだよ。父が銃を握りしめた状態で死んでいたからといって、その銃を父が使ったかどうかはわからなくなる。それこそゴシップ紙の記事のように、なんでもありなのさ」

　あの部屋は、もとより密室にはなりえない。

　それだけで、事件はがらりと様相を変える。

　与えられた真実を、ヴィクターは懸命に飲みくだそうとしているようだった。

「ですが、隠し通路の存在は警察新聞でも公表されていませんでした。先輩は、そのことを捜査陣に伝えなかったんですか？」

「いや、教えたよ。叔父も執事も、屋敷の構造については知っていたと供述したはずだ。あえて否定するほうが、よほど不自然だからね」

その晩の舞踏会は、侯爵夫妻の死を伏せたまま、表向きはつつがなく終了した。だがひそかに呼ばれた警察は、状況を知らされて大いに困惑することになったのだ。

「ヴィクター。殺人犯には隠し通路の知識があったことを前提として、他にはどのような条件が必要だと思う？」

「それは……あの晩あの屋敷にいて、侯爵夫妻が舞踏会を抜けだしたと思われる時刻以降に、舞踏室を離れていた人物なら、誰でも」

そこまで口にしたところで、ヴィクターはふつりと声をとぎれさせた。

「そう。あの舞踏会に集っていたほとんどすべての人間に、犯行は可能だった。我が英国の皇太子ご夫妻。オーストリア大公。各国大使。だからこそ、遺体の発見現場は〝密室〟のままでなくてはならなかったんだ。理由はわかるね？」

重要な国際会議を控えた舞踏会のさなか、主催の侯爵夫妻が殺害されたとなれば、状況の深刻さは計り知れない。

「下手をしたら、国際問題に発展するかもしれない……」

「そのとおりだよ。容疑ならいくらでもかけられる。にもかかわらず、相手は取り調べること自体が許されないような人物ばかりとなれば、事件に第三者の介入はなかったとして捜査は打ち切られるだろう。もちろん上からの命令でね。結果的に、真犯人が追及されることもなく、叔父は野放しになる」

「それこそが、叔父君の狙いだったというんですか？」

うなずいたアルフレッドの表情が、ふいに厳しいものになる。

「あの晩、ぼくにはいずれそうなることが予想できた。だから逃げることを選んだ。叔父が次に狙うのは、このぼくだとわかっていたからね。一線を越えてしまった人間は、もうためらわないものさ」

「ですが――」

ヴィクターは、納得のいかない顔で訴えた。

「叔父君が先輩のことまですぐに手にかければ、兄殺しの罪を自白するようなものです。先輩なら逃げださずに、叔父君が犯人だという証拠をなんとかつかむこともできたんじゃありませんか？　失踪などしたら自分にやましいところがあると認めているようで、先輩自身の立場が悪くなることもわかっていたでしょう？」

「サラのことが心配だったんだ」

「彼女のことが、ですか？」

ヴィクターが、とまどいの視線をサラに向ける。叔父が爵位を得るのに、継承権のない娘の存在はとりたてて邪魔にならないはずだと、いぶかしく思っているのだろう。

逃げるように、サラは目を伏せた。

「もし叔父が後見人として同じ屋敷で暮らすようなことにでもなれば、サラになにをするかわからなかった。三年前でも、この子はもう充分に美しかったからね」

あえて感情を排したような、淡々とした口調だった。

一呼吸遅れて、ヴィクターの顔に衝撃の色が広がる。

「でも、だって……叔父と姪の関係じゃないですか」

「そんな常識が通用するような相手じゃないんだ。実際あの夜、両親の死んだ現場に立ち会っていたぼくに、叔父はささやいた。これでおまえの妹はわたしの自由になるな――とね。あのときの叔父の眼は、たしかに笑っていたよ」

ヴィクターが絶句する。

アルフレッドは、息をひそめてうつむいている妹を、心配そうにうかがった。

「気分の悪くなるような話をしてすまなかったね、サラ」

「あ……いいえ。わたしなら平気よ、兄さま」

その言葉は、嘘《うそ》というわけではなかった。サラは昔から叔父を苦手にしていたが、まだ子どもだったので、こちらの心の内を見透かすような、値踏みをするような叔父の視線の意味を、正確に理解してはいなかった。だからいまでも、思いだすだけで耐えがたいほどの実感があるわけではないのだ。

そもそもサラには、自分の姿かたちがアルフレッドの褒めそやすほど麗しいものだとはとても思えなかった。兄はただ、妹を喜ばせるためにそう口にしているにすぎない。容姿の美しさなら、兄のほうがよほど勝っている。ふたりのよく似ている点といえば、艶《つや》やかな黒髪くらいだ。

さまざまないたたまれなさで、サラは身をすくめる。

アルフレッドは一瞬、痛ましげに目を細めると、ふたたびヴィクターに向きなおった。

「もちろん叔父がどのような人間か、ぼくの言葉だけを信じてほしいというつもりはないよ。けれど叔父は、ぼくの大切にしているものを奪い、傷つけ、壊すためならどんなことをしてもおかしくないとぼくは思っている」

「……だから、彼女のことも？」

アルフレッドはうなずいた。

「叔父がじかに手を汚さなくとも、ぼくたちの身のまわりの世話をする使用人を買収されたら、いつどこで命を狙われてもおかしくない。食事に少量ずつ毒を盛られたら？　事故を装って階段から突き落とされたら？　真夜中の寝室に忍びこまれて、致死量のモルヒネでも投与されたら？　屋敷に留まっているかぎり、ぼくひとりではサラを守りきれないんだ。それなら、ぼくの選ぶ道はひとつしかない」

だからアルフレッドは、サラを連れて屋敷から逃げだした。

あの舞踏会の晩、すでに自室で休んでいたサラに両親の死を知らせたのはアルフレッドだった。彼は狼狽《ろうばい》するサラを懸命におちつかせると、ひそかに逃亡の準備をさせた。

そして滞在客が寝静まり、警察による事情聴取もひとまず済んだ未明。

ふたりは最低限の身のまわりの品をつめた鞄《かばん》ひとつで、屋敷を脱けだした。屋敷の地下から敷地内の修道院跡までをつなぐ隠し通路を、手に手を取って走り抜けたのだ。

サラは素直に兄に従った。

ためらう理由などなかった。

兄さえそばにいるなら、サラは今も昔も、どこで生きることになろうとかまいはしないのだから。

「ぼくたちは、徹底的に行方をくらませる必要があった。だから身分を隠し、姓も偽り、市井《しせい》にまぎれて暮らすことにした。ふたりが生きてゆくのに充分な資金はあったけれど、無為に日々をすごすのもどうかと思ってね。だからふたりで貸本の店を始めることにしたんだ。結果はご覧のとおり」

アルフレッドは舞台俳優のように、優雅に片腕を広げてみせた。

「ぼくはこの生活を、想像した以上に満喫している。サラも同じ気持ちでいてくれるのだと嬉しいのだけれどね」

もちろん同じよ、とサラは微笑する。

満ちたりた兄妹の気配に、ヴィクターもようやく緊張をゆるめたようだった。

「それなら、しばらくはエヴァーヴィルで店を続ける予定でいるんですか？」

「そのつもりだよ。この町はロンドンに近いけれど、上流階級の住民はあまりいないからね。もっともサラは社交界デビューしていないし、他家との積極的なつきあいもなかったから、この子の顔から素性が知れる心配はほとんどないのだけれど」

「それで接客は、彼女が担当しているんですね。そしていざというときのために、店の奥にはいつも護衛の騎士が控えていると」

「そういうこと。ちなみに製本の道具には、武器になるものが多いんだよ。鋭く尖《とが》った錐《きり》に、ぶ厚い紙の束をざっくり切断するナイフ。そうそう、プレス機ではちょっとした拷問もできるだろうね」

「……憶えておきます」

背すじに寒気をおぼえたように、ヴィクターは身をすくめた。

「ついでに、店の収益にも貢献してもらえると嬉しいのだけれどね」

「《千夜一夜》に来店するたびに、本を借りていけっていうことですか？」

「おや。きみこそサラのわざわざ淹《い》れてくれたおいしいお茶を毎度ただ飲みして、良心がとがめないというのかい？　だとしたらぼくは、自分の教育の成果に対して――」

「借ります借ります、喜んで借りさせていただきます」

「感心だ、ロックハート」

その瞬間、ヴィクターははたと動きをとめた。ふいにこみあげた、予想外の感情に自分でも驚いた顔で、とっさに目を伏せる。

「はは……懐かしいな、その呼びかた。もう二度と、耳にすることもないかと思ったものだから」

無造作に髪をかきあげるしぐさで、目許を隠そうとする。その指先が、なだめきれない感情のままに、かすかにふるえていた。

サラは黙ったまま、兄の横顔にそっと視線をすべらせる。

「ヴィクターさまと兄さまは、寄宿学校でお友だちになったの？」

「うん。初級生として入寮してきたばかりのヴィクターを、ぼくがファグ・ボーイに指名したのさ。それ以来のつきあいだよ」

歴史あるパブリック・スクールには、独自の文化のようなものが存在するという。

新入生と最上級生《シックスス・フォーム》とが擬似的な主従関係を結ぶ《ファグ制度》も、そのひとつだ。

下級生ファグが、上級生ファグ・マスターの申しつける雑用をこなしながら、社会生活のルールを学んでゆくという習わしである。

要するにファグとは、公《おおやけ》に認められた〝使い走り係〟なのだ。

だから意地の悪い先輩の担当になると、悲惨な生活が待っている場合もあるらしい。

その一方で、便宜的な主従関係から終生変わらぬ強い絆が生まれることも多く、たとえば長じて国会議員となったファグ・マスターが、かつてのファグを秘書にすることなどもめずらしくないそうだ。

「兄さまはなぜ、ヴィクターさまをファグに選んだの？」

「それは秘密だよ」

「教えてくれないの？」

「言わぬが花ということもあるからね」

ヴィクターが、不安そうに眉をひそめる。

「ひょっとして……特に理由はなかったとか？　先輩のファグに指名されたのは、おれにとって名誉だったのに」

「まあ、本当ですか？」

「もちろん。先輩は逸材ぞろいの学内でも別格だったんだ。自分からは決してめだとうとしないのに、いつのまにか誰もが先輩の言葉に従っている。そうさせるだけの風格が先輩にはあったんだ。だから憧れている生徒は大勢いたよ」

「大袈裟《おおげさ》だな。本気にするんじゃないよ、サラ」

アルフレッドが、めずらしく困った顔をしている。

サラはなんだか愉快な気分になり、ヴィクターに打ち明けた。

「学校でのことを、兄がそんなふうに話してくれたことはありませんでした」

「先輩にとっては、わざわざ話すほどのことではなかったんだと思うよ」

「狭い世界の、偏った基準でもてはやされたところで、虚《むな》しいだけさ」

「ほらね、こういう人だから」

「思いだしたよ、ヴィクター。ぼくがきみをファグに指名した理由は、きみが口の堅そうな少年だったからだ」

「ふうん。なんだか、サラには知られたくないことがあるみたいですね」

「そうなの、兄さま?」

「あるわけがないよ、サラ」

アルフレッドが即答したそのとき、店内の柱時計が鳴りだした。

午後十時。そろそろ辞すべきかどうか、ヴィクターの顔に名残惜しげな表情が浮かぶのを見てとったサラは、迷わずスツールから降りた。

「わたし、お茶を淹れてきますね」

にこりとほほえみ、カウンターを離れる。寄宿学校時代からの友人同士、きっと積もる話もあることだろう。台所に向かいながら、いましがた目にした光景を思いかえす。

「大人の男の人が、あんなふうに泣きそうになるなんて」

思いがけない反応だった。アルフレッドは、子ども時代からサラに泣き顔を晒《さら》したことなどなかったからだ。サラにとってのアルフレッドは、いつだって頼もしくて穏やかな兄だった。その兄も、人知れず涙を流したことがあるのだろうか。サラには隠していた顔があるのだろうか。

ふう、とサラは息をつく。

「ヴィクターさまがいらしてから、なんだか驚くことばかり」

けれどそれはたぶん、サラにとって歓迎すべきことだった。旧友と再会を果たしたアルフレッドが嬉しそうなので、サラも嬉しかった。

兄が幸せなら、自分も幸せ。

兄の幸せが、自分の幸せ。

いまも変わらずそう感じていられる自分に、サラはなによりほっとしていた。

「良い子だろう？」

アルフレッドが言った。その視線は、サラの去った扉のほうに向けられている。

「ええ。そうですね、本当に」

「ぼくにはもったいないくらい？」

「……そんなこと言ってないじゃないですか。でも正直、驚きました。先輩と妹君がこんなにも仲が良かったなんて。先輩の口から彼女について教えてもらったことは、ほとんどありませんでしたから」

「サラのことは、学校であまり話題にしたくなかったんだよ。きっとみんな、興味を持つだろうから」

「ああ、わかります。先輩にとっては、悪い虫ばかりでしょうからね」

「ご理解いただけて嬉しいよ。それにしても――」

アルフレッドは、しみじみとヴィクターをながめやった。

「こんなかたちで、懐かしいきみと再会することになるとはね。きみのほうは、どういう理由でエヴァーヴィルに？」

「もう二年近く前になりますが、父がこの町にある古い邸宅を買ったんです。だからおれにとってはさほどなじみのない町なんですが、最近は兄弟たちがずっとこっちに滞在しているので、おれも休暇はここですごすことにしたんです」

「なるほど。ご父君は変わらず、政界でご活躍なのだろうね」

「さあ……詳しいことは、おれもあまり。ずいぶん忙しくしているようで、せっかく手に入れたこっちの屋敷にもほとんど顔を見せませんが。あ！　もちろん先輩たちの居場所については、父にも誰にも決して口外しませんので、安心してください」

「うん。もとよりそんな心配はしていないし、あまり神経質になりすぎることもないよ。

仮にも侯爵家に生まれ育った兄妹が、まさかこんなところで貸本屋を営んでいるなんて、誰も思いつきもしないだろうからね」

ヴィクターはため息まじりに苦笑する。

「まったくもってそのとおりですよ。さっき、この店で先輩の声を耳にしたときは、ついにおれも幻聴に悩まされるようになったのかと思いました」

アルフレッドの瞳がいたずらっぽくきらめいた。

「そういえばあのときのきみ、ぼくのことをずっと尊敬していた先輩だとサラに説明していたね。照れもせず、熱心な口ぶりで」

「そ、それは」

たじろぐヴィクターに、アルフレッドがにこやかにたたみかける。

「きみがそこまでぼくのことを崇《あが》め奉《たてまつ》ってくれていたなんて、知らなかったなあ。もしもぼくに頼ってもらえたなら、どんなことでもすると告白してもいたね」

そのひとことで、ヴィクターは我にかえった。

姿勢を正して、ファグ・マスターに相対する。

「それはおれの本心です、先輩」

ヴィクターは真剣なまなざしで伝えた。

「だから忘れずにいてください。あなたさえ望むなら、おれはいつだってあなたの助けになることをためらいません」

迷いのない言葉の波紋が、ひそやかな店内に染みこんでゆく。

それをじっと見届けるような沈黙のあと、

「ああ――憶えておくよ」

吐息のような約束を、アルフレッドが与えた。

そのとたん、ヴィクターはにわかに息が楽になるのを感じた。

長年の胸のつかえが、いまようやく、陽の光を受けて溶けだしたようだった。

「ところで、ヴィクター」

気分を一新するように、アルフレッドが明るくきりだした。

「いまのうちに、きみに質問しておきたいことがあるのだけれどね」

「はい、なんでしょう？」

「サラのことだよ。きみはあの子をどう思う？」

「どう……とは？」

なんとなく、即答するのがためらわれて、問いかえす。

「きみはぼくの最愛の妹に対して、なんら感じるところがないというのかい？」

「え……いや、それはもちろん、とても愛らしい妹君だと思いますが」

「愛らしい。なるほど、そのとおりだね。でもそれだけかい？」

「あ、ええと、おもわず見惚《と》れてしまうような美人ですし」

「他には？」

「賢くて」

「それに？」

「心根も優しくて」

「つまり、非常に魅力的だということかい？」

「……は、はい。そうですね」

「恋仲になりたいくらい？」

ほがらかに、美貌のファグ・マスターがたずねた。

「と、とんでもない！　そんな望み、おれには恐れ多すぎて、とてもとても」

「そうだね。百万年は早いだろうね」

「……ですよね。はは」

乾いた笑いとともに、ヴィクターは視線をそらす。これではまるで、裁判にかけられた被告人である。たちの悪い誘導尋問に、危うく騙されるところだった。……いや、むしろまんまとひっかかってしまったというべきか。もてあそばれている自覚があるにもかかわらず、いちいちうろたえる自分が、懐かしくも情けない。

「百万年後か……。『タイムマシン』の未来世界よりも先の時代だな」

ヴィクターは頬杖をつき、もそもそとこぼす。

「そもそも彼女、先輩みたいに完璧な兄が身近にいたら、そう簡単に恋心なんて芽生えることもないと思いますよ。先輩も先輩で、男はみんな腐れ狼だとか送り狼だとか、偏った教育を施しているみたいですし」

「そんなことはないよ。きみのことは、ちゃんと忠犬だと教えたじゃないか。だからサラはこれからもずっと、きみと安心してつきあうことができるだろうね」

「うわあ……嬉しくて涙がでそうだな」

「それはよかった」

ヴィクターはついに脱力して、カウンターに突っ伏す。

やがて戻ってきたサラを、アルフレッドはとろけるような笑顔で迎えた。

「新入生のころのヴィクターは、こんなに小さくてね。いつも先輩先輩ってぼくについてまわっていて、まるで緑の瞳をした仔犬みたいだったんだよ」

そんなことを言いながら、スツールほどの高さを指し示してみせる。

ヴィクターは嘆息した。いくらなんでも、十三歳を迎えた少年がそんな背丈というわけがなかろう。そもそも当時のヴィクターは、学年でも背の高いほうだったのだ。

この調子では、あることないことアルフレッドの好きなように脚色されたヴィクターの過去が、サラの耳に吹きこまれることになりそうだ。

ヴィクターはいささか憂鬱《ゆううつ》になったが、あえて抗議はしないでおいた。アルフレッドの披露するいくつもの逸話に、驚いたり笑ったりしながら熱心に耳をかたむけているサラの表情が、ひどく幸せそうだったからだ。身を寄せあった兄妹の、仲むつまじい様子がなんだかまぶしくて、ヴィクターは湯気をあげるティーカップに目を落とした。

「心配して損したかな」

微苦笑を浮かべつつ、サラの淹れてくれた紅茶をおとなしく味わう。

兄妹の会話が一段落したところを見計らい、ヴィクターは腰をあげた。

「そろそろおいとまします。今夜はありがとうございました」

「もう帰るのかい？　遠慮なんてしなくていいんだよ」

「いえ、いまのうちに退散しておきます。これ以上の長居をしても、おれの分が悪くなるだけでしょうから」

ヴィクターは肩をすくめ、サラに声をかけた。

「おいしいお茶をありがとう。あと、遅くまでくだらない昔話にもつきあってくれて」

「とんでもない。とても楽しかったです。次回はぜひ、兄とふたりきりでゆっくりお話をなさっていってください。お酒でも飲みながら。そうよね、兄さま？」

「ああ、それもいいね。ブランデーは飲むかい、ヴィクター？」

「ええ、好きですよ」

「ミルクなしのコーヒーすら苦手だったきみが、いまはブランデーまで嗜《たしな》むようになったとは。仔犬の成長は早いものだね」

「だから、そういう言いかたはよしてくださいって」

「ふふ。ああ、サラ。ヴィクターを外までお見送りしてあげてくれないか。あとかたづけはぼくがやっておくから」

快《こころよ》く承知したサラとともに、ヴィクターは店をあとにした。ひっそりした夜道には、扉のガラス窓にかけられたカーテンの奥から、やわらかな灯りがこぼれている。

ふたりは改めて店先で向かいあい、どちらともなく苦笑いを浮かべた。

「兄の言ったことに、どうか気を悪くなさらないでくださいね。ヴィクターさまとの再会が嬉しくて、きっとはしゃいでいたんです」

「ああ、大丈夫だよ。むしろ昔に戻ったみたいで、懐かしかったな」

「兄はヴィクターさまに対して、昔からあんな態度だったのですか？」

「あ……ははは、まあね。だけど今夜は、先輩の意外な一面も知ったよ」

「意外な一面、ですか？」

サラが興味深そうに、ヴィクターをうかがう。

「うん。きみといるときの先輩は、ずいぶんと雰囲気がやわらかくなるんだね。あのひとが、あんなに優しい眼を誰かに向けることがあるなんて、ちょっとびっくりしたな」

「あ」

驚いたように、サラが目をみはった。

夜風にさらわれた髪を、とっさに押さえて顔を伏せる。

「……わたしには、子どものころからずっと、優しい兄だったので」

「だろうね。あのひとにとって、妹のきみは本当に特別な存在なんだと思ったよ」

サラはうつむいたまま、口をつぐんでいる。

やがて、ぽつりとつぶやいた。

「でも、わたしではだめなんです」

「え？　だめってなにが？」

「あ。いえ、その……」

サラはくちごもると、ささやくように語りだした。

「今夜の兄は本当に楽しそうでした。あんなに愉快そうに笑う兄を、わたしは見たことがありません。兄にはきっと、あなたのような人こそ必要なんです」

サラは顔をあげ、ヴィクターにたずねた。

「ヴィクターさまは、シャーロック・ホームズをご存じですか？」

「もちろん。ホームズものなら四冊とも読んでいるよ。探偵小説は好きなんだ」

わたしもです、とサラがほほえむ。

「でしたらおわかりでしょう？　短篇『唇のねじれた男』のなかで、ホームズもワトスン先生に対して言っています。話し相手がいるというのは、ぼくにとってじつにありがたいことだって。ホームズのように頭脳明晰《めいせき》で、どんなこともひとりでやりこなせるような人でも……いいえ、そういう人だからこそ、気安く話のできる相手が大切な存在になるのかもしれません」

最後は独り言のように、サラはつぶやいた。

ガス燈の灯りを映した瞳が、どこか張りつめた光を放っている。

「つまり先輩がホームズで、おれがワトスンの役まわりだってこと？」

「あ……わたしったら、勝手に決めつけてすみません！　ご不快でしたか？」

「ああ、いや！　そういうわけじゃなくて。むしろ妹のきみに、先輩のワトスン役として認めてもらえるのなら、光栄だよ。なにしろ本人からは犬扱いだからね」

「ですから、それが兄なりの親愛の表現なんです」

「にしても、仔犬仔犬と連呼するのはやめてほしいよ」

ヴィクターがぼやいてみせると、サラが楽しそうに笑った。

ほがらかな彼女の様子に、ヴィクターも頬をゆるめる。

「ヴィクターさま。無理に本をお借りにならなくてもかまいませんから、これからも気軽に足を運んでくださいますか？　そうしていただければ、兄が喜ぶと思うんです」

「うん。お邪魔でなければ、ぜひそうさせてもらいたいな。ちびたちの散歩にも当分つきあうことになるだろうから、そのついでにも寄らせてもらうよ」

「お気が向きましたら、いつでもどうぞ」

「きみのほうも、いつでもね」

「え？」

サラがきょとんとする。年相応のあどけなさがのぞいて、ヴィクターは彼女の新しい顔を発見した気分になる。妹を猫かわいがりするアルフレッドの心情が、よくわかる。

「ご立派なお兄さまには話しにくくても、おれになら打ち明けられるようなことがあるかもしれないからね。相談役としては心許ないかもしれないけれど、愚痴《ぐち》の聞き手くらいにはなれるはずだよ。気楽な相手だからこそ洩《も》らせることもあるだろう？」

「道端で拾った仔犬に話しかけるみたいに、ですか？」

「……そうそう、そんな感じ」

「冗談です」

サラはくすりと笑う。そして遠慮がちにきりだした。

「あの……さしでがましいことを申しあげるようですけれど、もしヴィクターさまも相談なさりたいことがありましたら、どうぞご遠慮なく。その……恋のこと、ですとか」

「え？　恋？」

「ついさっき、兄が教えてくれたんです。ヴィクターさまは昔から、女の子になんて興味がないと公言していたって」

不意打ちの情報に、ヴィクターは驚いた。

「そんなことを、先輩が？」

「兄の嘘だったんでしょうか？」

「いや、嘘というわけじゃないけれど」

それは寄宿学校に入学したばかりの時期の発言では……。

「兄が寄宿学校を卒業したあとも、浮いた噂ひとつ聞かなかったって」

「た、たしかにそうかもしれないけれど」

それは伯爵家の嫡男という立場上、いろいろと用心していたからで……。

「ですから、もし慣れない恋に悩むことがおありでしたら、わたしでよければお話し相手になります。わたしにも恋人なんていませんけれど、兄のようにからかったりはしませんし、恋にまつわる小説や詩ならそれなりに知っているので、相談していただければお好みにあうものをお貸しできると思います」

「ええと……きみの気持ちはすごく嬉しいんだけれど、恋に関する相談をきみにするのは若干の問題があるというか、さりげなく抵抗があるというか」

そのときだった。サラが愕然《がくぜん》と、口許に手をやった。

「まさか、そういうことだったんですか？」

ヴィクターはびくりとあとずさる。

「そ、そういうことって？」

「ですから、あなたが女の人に興味がないのは、男の人のほうに興味があるからで」

「…………は？」

「あ、あの、わたし、あなたがそちらの道を追求されても、そのことを警察に通報したりはしません。誓います！」

ヴィクターはよろめいた。強烈なめまいで視界がゆがむ。

たしかに現行法において、同性愛的な行為をした者は、犯罪者として収監されることになっている。かの有名な劇作家オスカー・ワイルドも、そのために二年の監獄生活を送る結果となり、釈放された現在も、社会的には抹殺されたも同然の状況だというが……。

「どうか心配なさらないでください、ヴィクターさま。わたしはそういった小説も読んだことがありますし、誰かが誰かを愛する想いを、いけないと決められているからといって頭から否定してしまいたくはないんです」

「ちょ、ちょっと待って！　それは大いなる誤解だよ、サラ」

「いまさら隠そうとなさらなくても」

「隠してない隠してない！」

ヴィクターはもはや、湖水地方の泥沼地獄に首まで沈みこんだ気分である。

人畜無害な忠犬認定されたかと思えば、次は男色家扱いとは。

これは明らかにアルフレッドの策略だ。こちらが気を抜いている隙《すき》に、この手の疑惑がいつ生まれてもおかしくないような先入観を、サラに巧妙に植えつけたのだ。

これなら犬扱いのほうが、よほどましというものである。

「いったいどういう牽制なんだ」

ヴィクターは遠い目になる。

いつのまにか、路上に一匹の猫がたたずんでいた。ふてぶてしい顔つきの猫だった。

猫はヴィクターに流し目をくれると、さも小馬鹿にしたように、なおーんと鳴いた。

斯様《かよう》にして、現実とは甘くないものなのである。

ヴィクターは深くため息をついた。

「……わん」

2

正午──昼食。

午後二時──公園まで散歩。

午後五時──帰宅。お茶の時間。

というのが、ロックハート家の子どもたちの、午後の日課らしい。

《千夜一夜》に来店した三兄弟とおしゃべりしているうちに、サラはいつのまにか彼らの日常に詳しくなっていた。

このところ、彼らは頻繁《ひんぱん》に店を訪れていた。まずは下のふたりが、元気よく飛びこんでくる。そのあとに、やや気恥ずかしそうな表情でヴィクターが続く。

「こんなにたびたび邪魔をして、迷惑になっていないかな？」

今日も今日とてヴィクターは、小声でそんなことを訊いてくる。

「とんでもありません。この時間帯は、ちょうどお客さまもあまりいらっしゃらないことですし、どうぞお好きなだけゆっくりしていらしてください」

サラはむしろ、彼らの来訪を心待ちにしているのだ。にぎやかな三兄弟がやってこないまま日が暮れると、いまではものたりないような気分にすらなる。無理をしてもらいたくはないので、ぜひ毎日でもお越しくださいとまでは言いだせないのだけれど。

「あ。そういえば、新しいしかけ絵本を入荷したばかりなんです。おふたりとも、ご覧になりますか？」

カウンターに展示していた新作の絵本を、サラはラウルたちにさしだした。サーカスの演目それぞれが、紙のつまみで動くしかけになった、凝った造りの絵本だ。プレゼントとして贈られることも多い、こうした絵本を彼らはあまり見慣れていないようで、以前から興味津々だったのだ。

「ぼくたち、一番乗り?」

「いちばんのり?」

「そうですよ」

兄弟はいそいそとスツールによじのぼり、おもちゃ箱のような絵本に手をのばす。

「あ、ほら! 乱暴にして破るなよ」

すかさず注意するヴィクターにその場を任せて、サラは台所に向かう。

手早くお茶の用意をととのえ、午前中に焼いたばかりのチョコレートクッキーを添えたトレイを手に戻ると、ヴィクターがきりだした。

「今日はきみに報告することがあるんだ。昨日、ロンドンの父とやっと連絡が取れてね。マージの処遇が決まったんだ」

サラはポットをかたむける手をとめた。

「……お父さまは、どのように?」

ヴィクターが明るくうなずく。

「このまま屋敷に留まってもらうことになったよ。常に誰かがそばについていることを条件に、マージと弟たちがいままでと同じように暮らす許しも得られた。もちろん、いつまでそうしていられるかはわからないけれど、このまま症状が悪化してもできるかぎりはうちで面倒をみることになると思う。彼女の妹が存命だったら、別の選択肢も考えられたんだけれどね」

「それはよかったです」

マージの行く末を気にかけていたサラは、胸をなでおろした。

近しい身内もない、年老いた使用人にとっては、このうえない待遇だろう。実際、仕事のできなくなった使用人には、厳しい現実が待っていることも多いのだ。

「うん、おれもほっとした。マージにはちびたちもなついているし、急に遠ざけるようなことをするのは誰にとってもよくないと力説した甲斐《かい》があったよ」

「でしたら、ヴィクターさまの尽力のおかげなのですね」

「おれがちびたちにしてやれることなんて、こんなことくらいしかないから」

ヴィクターは淡々とつぶやくと、供された紅茶にそっと口をつけた。こくりとひとくち飲みくだしたとたんに、端正な頰の線がやわらかくほころぶ。

「ここ数日、改めてマージとじっくり話をしてみたんだけれど……たしかに時々、会話がかみあわなくなることがあるんだ。そういうときの彼女は、きみが言ったように意識だけがタイムマシンでどこか遠い時間をさまよっているみたいで、それが妙に心安らいだ様子でもあって、ふしぎな感じがするんだ」

でも、とヴィクターはまなざしに後悔の色をよぎらせる。

「こんな状況になる前から、もっとちゃんとマージと向きあっていればよかったとも思うよ。ナースとその世話になる子どもとしてじゃなく、大人同士としてね」

マージの私生活について知っているのは、若くして夫を亡くして以来、ずっとナースの仕事に邁進《まいしん》してきたことくらいだという。

ささやくように、サラは伝えた。

「きっと、いまからでも遅くはありません」

死んでしまった者との関係はどうすることもできないが、マージは生きているのだ。生きているかぎり、やりなおせることはきっとある。

「ああ、そうだね」

ヴィクターはうなずく。そして快活な調子で告げた。

「そうそう。マージがここで借りた『ケルト妖精物語』を読んで、ずいぶん感激していたよ。懐かしい話がいくつも載っていたみたいで」

「まあ、本当ですか？」

サラはぱっと顔を輝かせた。この仕事をしていて、もっとも幸せを感じる瞬間だ。

「だからあの本を、一巻のほうもそろえてマージに贈ろうと思っているんだ。でもこの店の本は、売りものではないんだよね？」

「あ……はい。特別な事情のないかぎり、お譲りはしないことになっているんです。すみません。もしよろしければ《千夜一夜》から出版社に注文をかけましょうか？　やりとりにいくらか時間がかかるかもしれませんけれど、確実にお渡しできるはずです」

「いいのかい？　それならお願いしようかな。ちょくちょく顔をだして、そのうち届いた本を受け取らせてもらうことにするよ」

そしてヴィクターは、持参した『タイムマシン』をサラにさしだした。

「で、おれのほうはこれを返却して、次の本を借りたいと思っているんだけれど……空想科学小説は堪能したから、今度は違うものに挑戦してみたいんだ。だからぜひきみの意見を参考にさせてもらいたくて」

「ええ、お望みなら。どのような本をお探しですか？」

本を受け取りつつサラがたずねると、ヴィクターはなぜか声をひそめた。

「ええと、なんというか……つまりその、女の子が主人公の物語を」

「女の子が主人公の物語――ですか？」

まじまじと、サラはヴィクターをみつめた。

もじもじと、ヴィクターが視線をさまよわせる。

サラの脳裡《のうり》によみがえるのは、つい先日の、夜の店先での会話である。彼は女の子にはまったく関心がないのではなかったか。

「あの……でも興味のない本を、無理にお読みにならなくても」

「興味はあるんだ、すごく！」

ヴィクターはカウンターに身を乗りだしたが、とたんにあわてふためいた。

「いや、すごくというのは語弊《ごへい》が……つまりその、人並みにということだよ。でもほら、おれはずっと寄宿生活を送ってきただろう？　おかげで身内以外の女の子と日常的につきあう機会もなくて。だから女の子のことをよく知るために、女の子が主人公の小説を読むところから始めてみようかなと」

なるほど、とサラは合点する。

「そういうご事情だったんですね」

「……うん。当たらずとも耐えられる範疇《はんちゅう》ではあるよ」

ごにょごにょとひとりごちるヴィクターに、サラはにこりと笑いかける。

「では、喜んでお力にならせていただきますね」

なにごとも最初が肝心だというし、ぜひとも彼に夢中になってもらえるような本を選びたいところだ。

「助かるよ。きみの好きな本でかまわないから」

「その条件ですと、たくさんありすぎますので」

サラは微苦笑を浮かべつつ、忙しく考えをめぐらせる。

主人公の女の子は、ヴィクターとそれほど年齢が離れていないほうがいいだろう。

お姫さまが登場する童話よりは、普通の女の子の日常が生き生きと描かれた小説。

そしてそうした作品を読みつけていない彼でも、物語として楽しめるような小説。

「……『若草物語』なんてどうかしら」

サラの洩《も》らした本の名に、ヴィクターが反応する。

「あ。その本、知っているな。姉貴が子どものころ、何度も読んでいたはずだよ」

「まあ、お姉さまも愛読なさっていらしたんですね！」

顔も知らないヴィクターの姉に、サラはにわかに親近感をおぼえる。

サラにとっても『若草物語』は、少女時代を彩ってくれた大切な本なのだ。

「たしか、アメリカの南北戦争時代の話じゃなかったかな」

「ええ、そうなんです。中流家庭に生まれた四人姉妹の、つつましいけれど豊かな日々の情景が、ていねいに綴《つづ》られた物語です」

父親は北軍の従軍牧師として出征しており、四人姉妹は優しい母を支えつつ、笑ったり泣いたりしながらそれぞれ成長してゆくのだ。

長女のメグは十六歳。美人でしっかり者だが、華やかな生活に強く憧れている。

次女のジョーは十五歳。男の子のように活発な読書家で、短気なところもあるが、家族のために自分を犠牲にする強さを持っている。

三女のベスは十三歳。人並みはずれて内気だが、ピアノが得意で、思いやりにあふれた性格のため皆に愛されている。

四女のエイミーは十二歳。明るくおしゃまな甘えん坊で、絵の才能があるが、周囲から子ども扱いされることに我慢のならない年頃でもある。

「とにかく、登場人物がとても魅力的で。本当にすてきな四人姉妹なんですよ」

「姉貴みたいのが四人もいるのか。辛いな」

「……他の本のほうが、いいでしょうか？」

「あっ！　いや、もちろんそれを借りるよ。きみのおすすめだからね。ええと、どの棚に置いてあるのかな」

「いま、わたしが持ってきます」

つい先日、返却されたのを憶えているので、店内にあるはずだった。

サラは少女向けの本をそろえた棚に向かい、ずらりと並んだオルコットの著作から半革クロス装の『若草物語』の第一巻を探しあてててにっこりとする。第二巻は貸出中というのが、また嬉しい。

この本はアルフレッドが装丁を手がけており、クロス部分にはウィリアム・モリス商会の布を張っている。淡いグリーンの色調がやさしいジャスミン模様のデザインは、サラが選んだものだ。

サラが弾む足どりでカウンターにひきかえすと、仕事場にいたアルフレッドが店に顔をだしたところだった。

「おや。今日も来たのかい、ロックハートくん」

「ええ。今日も来ましたよ、スターリング先輩」

ひねくれたようなふたりのやりとりも、すでにおなじみである。

「兄さまったら、来てくれて嬉しいと素直に言えばいいのに」

アルフレッドが、サラのたずさえた本に目をやる。

「その本は？」

「ヴィクターさまにお貸しするのよ。女の子が主人公の物語を読んでみたいんですって。だから『若草物語』をおすすめすることにしたの」

「ふうん。女の子が主人公の物語をね」

アルフレッドが、物問いたげな視線をヴィクターに向ける。

「いや、その、休暇中で時間もあることですし、せっかくだから読書の幅を広げてみようかと思いついて……」

「兄さま、からかうのはやめてね。女の子向けの本だからといって、大人の男の人が読んだらいけないことはないでしょう？　名作はどんな人の心にも響くものだって、兄さまも言っているじゃない」

アルフレッドは、にこやかにサラをふりかえる。

「からかったりしないよ、サラ。『若草物語』ならぼくも大好きだからね。生身の女の子の心の機微が、こんなに自然に生き生きと書かれている作品はなかなかないよ。やっぱり女性作家だからこそなのかもしれないな」

サラはヴィクターのために、説明を加えた。

「著者はルイザ・メイ・オルコットという女性で、『若草物語』のシリーズは自伝的な要素が濃い作品なんですよ」

「ということは、彼女自身が四姉妹のひとりだったとか?」

「ええ。いつか文章で身をたてることを夢見ている次女のジョーには、ミス・オルコットご本人が投影されているそうです」

「だったら、ミス・オルコットは夢を実現させたわけだ。すごいな」

「そうですね、本当に」

一八六八年に出版された『若草物語』は商業的にも大成功を収め、オルコットは八八年に五十五歳で亡くなるまで、作家としての収入で父母や姉妹を養ったという。家族を愛する彼女にとって、それはどれだけ誇らしく幸せなことだったろう。

「子どもにも安心して読ませることができるという配慮のうえで書かれた作品なので、お説教めいた部分もあるのですけれど、でもきっと、いつのまにか四姉妹から目を離せなくなっていると思いますよ」

「うん、読むのが楽しみだよ。手続きをお願いしてもいいかな」

「はい、いますぐに」

ヴィクターから代金を受けとり、サラは貸出帳に手をのばす。

そして本の題名を書きこもうとしたとき、はたと気がついた。

「あの、でもお姉さまが『若草物語』を愛読なさっていたのでしたら、お屋敷に同じ本があることになりますから、わざわざお借りにならなくても……」

「ああ、いいんだ。屋敷にあるとしてもたぶん姉の部屋の本棚だから、断ってまで借りるのはちょっと気がひけるし」

なるほど。たしかにヴィクターの年齢で、女の子向けの小説を貸してほしいと姉に頼むのは、気恥ずかしいかもしれない。しかも、以前から女の子には興味がないと公言していた彼なのだ。いったいなにごとかと詮索されてもおかしくない。

サラは納得して、ふたたびペンを持ちあげる。

するとヴィクターは、書架に並ぶ本を目でとらえつつ、アルフレッドにたずねた。

「この店に並んでいる本は、もともとスターリング邸の図書室にあったもの……ではないんですよね？」

「屋敷を去ったときは、ほとんど身ひとつだったからね。店を始めるにあたって、サラと相談して買い集めたのさ。この広さだと置ききれない本もあるから、定期的に入れ替えているんだよ」

サラも顔をあげて、会話に加わる。

「だから二階の居間は、本であふれているんです。それに兄の寝室も」

「ぼくの部屋に積んであるのは、個人的に興味があって買い求めたものだけれどね」

「また小難しいものを嬉々として読みふけっているんだろうなあ、先輩は。寄宿学校時代も、自由時間はよく図書館ですごしていましたよね」

「あの図書館は、十五世紀の揺籃期本《インキュナブラ》を含めて、貴重な書物をたくさん所蔵していたからね。いくらいても飽きないよ。もっともぼくが図書館に入り浸っていたのは、誰にも邪魔されずにひとり静かにくつろげる場所が他にはあまりないから、という理由も大きかったんだけれど」

「そうやって先輩が騒がしい寮から逃げだすせいで、おれは先輩に用事のある上級生たちから、しょっちゅう連絡役を頼まれるはめになったんですが」

「おかげで体力がついただろう？」

アルフレッドは、悪びれもせずにきりかえす。

二十ほどある学寮は、学校の敷地の周辺に散らばっているという。

それぞれの学寮に四、五十人の生徒たちが寝起きし、彼らはそこから授業のために学舎まで通学するのだ。学舎に隣接する聖堂や図書館はとても壮麗なものなのだと、サラは兄から聞いたことがある。

「学寮から図書館までは、ずいぶん遠かったんですか？」

「全速力でかけつけたとしても、十分はかかるかな」

「まあ、大変」

「特に冬場はね。石畳が冷えきっていて、踏みしめるごとに寒さが骨まで響くんだ」

ヴィクターは顔をしかめるが、語る口調は生き生きとして懐かしそうでもある。

そのときふと、彼は記憶のかけらを追うようなまなざしで、つぶやいた。

「図書館といえば……先輩が卒業したあと、ふしぎなことがあったな」

「そうだったのかい？」

「ええ。謎というほどのことではないんですが、ちょっと妙だというか、印象に残ることがあったんです」

「それは気になるな。ぜひ教えてもらいたいね」

アルフレッドが、サラの隣のスツールに腰かける。

ヴィクターはうなずき、順を追って語りだした。

「おれが最上級生になって、最初の夏にさしかかったころのことです。おれはファグからある相談を受けました。学寮の二人部屋でいっしょに寝起きしている友人の様子がどうもおかしい、夜な夜な学寮を抜けだして図書館を徘徊しているらしいというんです」

　アルフレッドが、意外そうに眉をあげる。

「深夜の、無人の図書館をということかい？」

「ええ。あの図書館の窓は、鍵の壊れたままのものがひとつだけあると先輩も言っていましたよね？　彼もそれを知っていたみたいで、窓から侵入しているところをおれのファグがあとをつけて目撃したんだそうです」

「それは大胆だなあ。ぼくも貸出の手続きが面倒で、窓から館内に忍びこんで蔵書を拝借したことがあったけれど、夜中の図書館をひとり占めすることまでは、さすがに思いつかなかったな」

　驚いたのはサラのほうである。

「兄さまったら、わたしの知らないところでそんな規則違反をしていたの？」

「ほんの時々だよ。図書館長は親切で面倒見のいい人なんだけれど、貸出手続きのときにその本についての講義を始めることがあってね。彼に悪気はないし、ためになる話なのもたしかなんだけれど、そういうのがわずらわしいときもあるだろう？」

「ん……そうね」

　その気持ちなら、わからないこともない。それに、自分が読んでいるものをいつも他人に把握されているというのは、秘密を握られているようで読書の楽しみが削《そ》がれることもあるかもしれない。だからサラも、利用客のほうから積極的に話しかけてこないかぎり、店では事務的な対応を心がけるようにしているのだ。

「先輩、あの館長にかなり気に入られていましたからね。読書家で、頭が良くて、がさつな感じのしない生徒が好きなんですよ、あの先生は」

「少なからず目をかけてもらった、という認識はあるけれどね。まだ若い先生だったし、気兼ねなく知的な議論のできそうな相手が欲しかったんじゃないかな」

「そうかもしれません。先輩の卒業したあとは、館長とアークライトが熱心に話しこんでいるところをよく見かけました。アークライトを憶えていますか？　おれの同級で、仲の良かったアークライトです」

「ああ、憶えているよ。黒髪に青い眼をした、もの静かな印象の彼だろう？」

「ええ。実際につきあってみると、けっこう楽しい奴なんですが。それでですね、夜中に学寮を抜けだしていた例の下級生——ジョーンズといいますが、彼はじつはアークライトのファグだったんですよ」

「……そう、アークライトの」

興味を惹かれた顔で、アルフレッドはヴィクターをうかがう。

「つまりその子は、読書家のファグ・マスターの影響を受けて、夜更けの読書に熱中していたということなのかな」

「それがどうも、本を読んでいたわけじゃなかったらしいんです」

「ではなにをしていたんだい？」

「……儀式というか」

「儀式？」

ヴィクターが声をひそめる。

「おれのファグが窓の外から覗き見たところによると、書架と書架に挟まれたもっとも奥の通路の床に火を灯した蠟燭《ろうそく》を置いて、それに向かって平伏することをくりかえしていたというんです。まるで黒魔術かなにかの、悪魔を召喚する儀式みたいに」

アルフレッドとサラは、そろって目を丸くする。

まだ十三、四歳の少年が、深夜にひとりきりで悪魔の召喚？

困惑気味に、アルフレッドがつぶやく。

「たしかに、異教の礼拝めいたしぐさではあるけれど……」

「おれのファグも一部始終を見届けたわけではありませんし、そもそも暗がりで目撃したことなので、正確なところはわかりません。ただ床にうずくまったジョーンズは、なにかに憑《と》りつかれたような、鬼気迫った雰囲気で、その背中に声をかけるのもためらわれたというんです」

しばらくすると、ジョーンズは呪文を唱え終えたのか、ゆらりと顔をあげた。

「そして蠟燭の燭台《しょくだい》を手にすると、周囲の床を寝間着のガウンの裾でごしごし拭いていたそうなんです。つまり──」

「床に描いた魔法陣かなにかを、消し去っていたと？」

「そのように見受けられたといいます」

やがてジョーンズは立ちあがり、かたわらの書架をじっとみつめた。それから窓のほうに歩いてきたので、ヴィクターのファグはとっさに身を隠したのだという。だがしばらく経っても、友人は姿をあらわさない。そこで思いきって窓の奥をうかがうと、彼は隣の通路に移動して、先ほどと同じことを始めていた。

「おれのファグ──スタンレーは、いたずらに嘘《うそ》をつくような奴じゃないんです。おれに相談したのも、友人を心配しているからだとわかりました」

だからヴィクターは、彼の打ち明け話をじっくり聞いてやったのだという。

学寮を抜けだすジョーンズに気がついたのは、三日前のこと。

彼を尾行して行き先が図書館だと知ったのが、二日前のこと。

彼が図書館でなにをしているのか目撃したのが、昨晩のこと。

そのうえ心ここにあらずといったジョーンズの様子は、日に日にひどくなっているようでもある。そこでスタンレーは意を決して、自分のファグ・マスターに秘密を打ち明けることにしたのだった。

「ジョーンズがそんなふうになったきっかけに、ひとつだけ心当たりがあるとスタンレーは言っていました。三日前の夕刻、ジョーンズがファグ・マスターのアークライトを捜しに図書館まで足を運んだときのことだそうです」

「きみが上級生に頼まれて、ぼくを図書館まで呼びにきたようにかい？」

「ええ。その日はたまたま、スタンレーも同行していたそうで」

館内の机にアークライトの姿はなかったので、ジョーンズは奥の書架のほうまで捜しにいったという。スタンレーはその様子を、入口の近くからうかがっていたそうだ。

「しばらくすると、アークライトの驚いたような声がしたといいます。急に声をかけられて、びっくりしたのかもしれません。アークライトはそれからすぐ、なにも持たないまま姿をあらわすと、机に広げていた私物をまとめて図書館をでていったそうです。でも彼を呼びにいったジョーンズのほうは、なぜか数分経っても戻ってこない。だからスタンレーは、ジョーンズを捜しにいったんです」

するとジョーンズは、図書館のもっとも奥にある、普段は誰も近づかないような書架のそばに立っていた。

「スタンレーが声をかけると、あわてたようにかけつけてきて、ファグ・マスターから本のかたづけを頼まれていたと弁解したそうです。スタンレーは、それがそもそも妙なことだというんです」

「妙というのは？」

「おれも同感なんですが、アークライトは自分でもできることを、なんでもファグにやらせるような人間じゃないんです。そのときは緊急の呼びだしというほどでもなかったそうなので、ジョーンズだけにかたづけを任せるのはおかしい気がします」

「つまりジョーンズは、きみのファグに対して嘘をついたと思うわけだね？」

「ええ。スタンレーの考えはこうです。ジョーンズはマスターが書架に戻したばかりの本に興味を持ったのではないか。ジョーンズはマスターのアークライトを敬愛しているようでしたから、それは充分ありえます。で、その本というのが――」

「魔術に関係する本だった、というのかい？」

「あの図書館なら、その手の古い書物がまぎれこんでいてもおかしくないと思いませんか？　アークライトがファグに声をかけられて驚いたのは、そうしたいかがわしげな本をついつい読みふけっていたからかもしれない」

　ふむ、とアルフレッドは思案げに腕を組んだ。

「たしかに、考えられなくはないね。アグリッパやホーエンハイム、ジョン・ディーなどの著作は、実際にそろっていたし」

「ホーエンハイム……錬金術師パラケルススのことね？」

　サラが確かめると、アルフレッドはにこりとほほえんだ。

「そのとおりだよ、サラ。どれもルネサンス期に書かれた、魔術の研究書さ」

「でも……そういう書物の内容は、ちょっと読んだくらいですぐ実践に移せるようなものなのかしら？」

「真髄《しんずい》までは理解していなくても、図版をそっくりそのまま書き写したり、祈りの文句を唱えたりする程度のことなら、誰にでもできるだろうからね。六芒星《ろくぼうせい》や黄道十二宮のシンボルなどは、もはやおなじみのものだし」

十九世紀も終わりの迫ったこの時世、神秘的な事象に対する人々の関心は高まり続けているという。魔術や心霊術の探求を目的とした結社や協会、クラブなどが次々と発足し、たくさんの人々がその活動に参加しているそうだ。

それは一部の知識人にかぎった流行というわけではなく、いまや中流家庭の休日の居間で、気軽に降霊会が開かれるような時代なのだ。

ヴィクターがアルフレッドに問う。

「やっぱりジョーンズは、魔術の真似事に熱中していたんだと思いますか？」

「うーん、どうだろうなあ」

アルフレッドは、あいまいに首をかたむける。

「ところできみは、ファグ・ボーイのスタンレーから相談を受けたあと、どのように対処したんだい？」

「結局、おれからアークライトに伝えることにしたんですよ。彼なら頭ごなしにファグを叱ったりしないと確信できたので、下手におれが関わるよりもそのほうがうまく収まると思ったんです」

ヴィクターは魔術云々《うんぬん》のことにはふれず、こう報告したという。

どうやらきみのファグは、本好きのきみに感化されたようで、外出禁止の時間にも図書館に通いつめているらしい。このままだといずれ問題になるだろうから、きみからそれとなく注意してやってくれないだろうか。

「もしも魔術の件について身に覚えがあるなら察するところがあるだろうし、なにもないならないでファグの動向を気にかけるはずですから、あとのことはアークライトの判断に任せようかなと」

アルフレッドが穏やかにうなずく。

「文句のないやりかただね。それで、アークライトの反応は?」

「最初は寝耳に水という顔だったんですが、ちょっと考えこんで、なにか思い至ったことがあった様子でした。それでこの件は自分がなんとかするから、内密のままにしてほしいと頼まれたので、もちろん了解しました」

するとジョーンズは、その夜からぱったりと学寮を抜けださなくなったという。深刻に思いつめたような気配も、以降はすっかり消えてしまったそうだ。

「しばらくのあいだは、気が抜けたようにぼんやりしていることも多かったらしいんですが、やがて元気を取り戻していったそうです。アークライトとの関係も、変わらず良好のように見受けられました」

事のあらましを語り終え、ヴィクターはふうと息をついた。

「そんなわけで、問題はきれいにかたづいたんです。でもそれだけに、詳しいなりゆきを知らない身としては、すっきりしない気持ちも残ったんですよね」

「とはいっても、本当のところはなにがあったのか、いまさらアークライトにたずねるのも気がひけるし？」

「そんなところです。ああ、でも一年経って卒業が迫ったころ、ふと思いだしたので冗談めかして訊いてみたんですよ。おれのファグは、級友が黒魔術にのめりこんでいるんじゃないかと心配していたんだぞって」

するとアークライトは、ほがらかに笑ったそうだ。

「ひとしきり笑うと、彼は言いました。たしかにあの図書館には、魔力が宿っているのかもしれないな。でも季節はめぐる。だからもう終わったことなんだ――と」

「――そう。季節はめぐるものだと、アークライトは答えたんだね」

「ええ。過ぎ去った学生生活を、懐かしむような表情でした」

「彼らしい科白《せりふ》だな」

アルフレッドがほのかに笑んだ。

数拍遅れて、ヴィクターは目をまたたかせる。

「彼らしいって……アークライトの発言が、すっかり理解できているみたいな口ぶりですね」

「だいたいのところは、把握できたんじゃないかと思うよ」

「兄さま、本当に？」

「あの図書館は、ぼくにとってもなじみ深い場所だからね。そういえば、謎を解きほぐす手がかりになるようなエピソードが、ちょうどこの本にも登場するよ」

アルフレッドの指先が、とんとんと『若草物語』の表紙を叩く。

「アメリカの四姉妹の一年を綴った小説に、ですか？」

ヴィクターは、まじまじと手許の本をみつめる。

「そんなことを言われたら、真剣に読みこまずにいられないな」

「ちょうどいいじゃないか。隅々までじっくり味わいながら読んで、ついでに〝図書館の魔術師〟の謎にも取り組んでみるといい」

ヴィクターは俄然、やる気を倍増させたようだ。

「そうします。明日の夜、また寄らせてもらってもいいですか？」

「かまわないよ。それなら明日はジンジャーブレッドを焼いて、きみの来店を待っていることにしようか」

サラはすかさず兄に顔を向けた。

「兄さまお得意のジンジャーブレッドね？」

「特別にホイップクリームも添えてあげようね」

サラは期待に胸をふくらませて、ヴィクターに教えた。

「兄お手製のジンジャーブレッドは、オートミールと糖蜜がたっぷりのヨークシャー風でとてもおいしいんですよ」

「うん、知っているよ。あれは本当に手がとまらなくなるんだ」

「兄のジンジャーブレッドを、口にされたことがあるのですか？」

「学寮内のお茶会で、先輩が焼いてくれたことがあったんだよ。普段、ファグ・マスターにお茶や簡単な焼き菓子なんかを用意するのは、ファグの役目なんだけれどね。上級生のお茶会に招待されたときは、いろいろともてなしてもらえるんだ」

「学寮の食事はひどいものだからね。ここぞとばかりに餌付けをしたんだよ」

「兄さまったら、またそういうこと」

そのときふと、サラは『若草物語』のとあるエピソードを思いだした。

「兄さま。わたし、あの場面が好きだわ。ジョーがお隣のローリーのためにご馳走を用意しようとするんだけれど、はりきりすぎてひどい失敗をしてしまうところ」

「ぼくもだよ。あの場面のローリーには、感心しつつも笑ってしまったな。たっぷりの塩のかかったデザートの苺《いちご》を、ローリーはそ知らぬ顔でたいらげたあと、遠いまなざしで皿をみつめているんだ」

　ふたりが盛りあがっていると、ヴィクターがおもむろに立ちあがった。

「ラウル。エリオット。帰るぞ」

「いつもより早いよ、兄さま」

「早いよ、兄さま」

「兄さまは早く家に帰って、サラに借りたご本を読みたいんだ」

「むー」

「むー」

　しぶる弟たちを、ヴィクターが問答無用で急《せ》きたてる。

　そして三兄弟は、ばたばたとあわただしく去っていった。

　にぎやかな客がいなくなったとたん、店は急にがらんとする。

「……ヴィクターさまは『若草物語』を楽しんでくださるかしら。あまり期待されると、逆に心配になるわ」

「大丈夫だよ。なんといっても、おまえのおすすめの本なのだからね」

　アルフレッドは気楽に決めつけ、ぱちりと片目をつぶってみせた。

「彼なら意地でも楽しむだろうさ」

3

「おもしろかった」

翌日、夜の《千夜一夜》にやってきたヴィクターは、思いきったように告げた。

「なんというか……自分でもふしぎなんだけれど、最後のほうは、読み終えるのが惜しいような気持ちになっていたよ」

「まあ、それはよかったです！」

サラはおもわず胸に手をあてた。

「ずいぶん強くおすすめしてしまったので、受けつけない内容だったらどうしようと不安になっていたんです」

「いや。本当にきみの言うとおりだったよ。こんな四姉妹が隣の家に住んでいたら、毎日がきっと楽しいだろうと思った」

やや気恥ずかしそうな、それでもはっきりとした、率直な声音だった。

サラの胸に、たちまち安堵と喜びがこみあげてくる。気がつけば、彼女はカウンターを挟んで向かいあったヴィクターに、夢中で打ち明けていた。

「屋敷に住んでいたころのわたしには、いつでも気軽に会えるような友人がいなかったんです。でもこの本を読んでいるあいだだけは、マーチ家の四姉妹のお友だちになった気分を味わえるのがとても嬉しくて。できることなら本の世界に飛びこんで、ローリーに成り代わりたいくらいでした」

ローリーは、マーチ家の隣の立派な屋敷で祖父と暮らしている十五歳の少年だ。両親を亡くしたローリーは、にぎやかな四姉妹との交流で孤独を癒してゆくのだ。

「きみがローリーになりたいの？」

ヴィクターがおかしそうにたずねる。

サラもつい笑いだしながら説明した。

「だってローリーの訪問なら、四姉妹はいつだって歓迎してくれるでしょう？　ローリーはすてきな男の子なので、それも当然のことなんですけれど」

「うーん。おれは彼のことは、それほど好きになれなかったかな」

ヴィクターの感想は意外だった。明るくて、優しくて、いざというときはとても頼りになるローリーは、どことなくヴィクターと印象がかさなるように感じていたからだ。

「言動が浅はかだし、結局は祖父の力がなければなにもできないというのに、偉そうな口ばかり利くし……。しょっちゅうマーチ家を訪問するのも、四姉妹にかまってもらうのが嬉しくてはしゃいでいる仔犬みたいじゃないか」

どこかで聞いたような形容だ。

「仔犬、ですか？」

「あ」

しまった、という表情でヴィクターが口をつぐむ。

「それは典型的な、同族嫌悪というやつだろうね」

そう指摘した声の主は、アルフレッドである。

サラがふりむくと、焼き菓子をたずさえたアルフレッドが、奥の扉からこちらにやってくるところだった。約束のジンジャーブレッドが焼きあがったらしい。

「安心していいよ、ヴィクター。ぼくは仔犬みたいなローリーのことも、好ましく思っているから。サラだってそうだろう？」

「ええ。ジョーに熱烈に恋しているのに、まるで相手にされていないところも、ローリーらしくておかしいのよね」

「そうそう。まったくジョーの眼中にはないところがね」

にこやかに同意して、アルフレッドはトレイをカウンターに置く。

「さあ、焼きたてのジンジャーブレッドだよ」

「……わあ、いい匂い！」

ふわりと立ち昇る、こっくりとした糖蜜の甘い香りに、サラはうっとりとする。

ざっくりと切りわけた濃褐色のジンジャーブレッドに、なめらかなホイップクリームの白がよく映えていた。

クリームをたっぷりすくいとり、ジンジャーブレッドにのせて口に運べば、ほかほかでしっとりとしたケーキを、ひんやりしてまろやかな甘さのクリームがつつみこんで、絶品の味わいだ。

「うん、この味この味！　懐かしいなあ」

嬉しそうなヴィクターの表情に、サラの気分もいっそう弾む。

ひとしきり夜のお茶を堪能したところで、アルフレッドがきりだした。

「ところで〝図書館の魔術師〟の謎のほうは解けたのかい、ヴィクター？」

ぐ、とヴィクターはジンジャーブレッドを喉《のど》に詰まらせる。

あたふたと紅茶で飲みくだすと、言いにくそうに白状した。

「それが……おれにはやっぱり、わかりませんでした。『若草物語』にでてくる、謎解きの手がかりになるエピソードというのも、見当がつかなくて」

サラも昨日から、記憶を頼りに『若草物語』の内容を思いかえしてみたのだが、アルフレッドのいう手がかりがどのエピソードを指しているのか、ぴんとくるものはなかった。

もちろん、四姉妹が魔術に熱中するエピソードなどもないはずである。

「わたしも思いだせなかったみたい、兄さま」

「そうかな？　ではこれでどうだい。冬の河。スケート。喧嘩中のジョーとエイミー」

「あ！　その場面なら、ちゃんと憶えているわ」

それは『若草物語』に数ある魅力的なエピソードのなかでも、もっとも印象的なもののひとつだ。さまざまな騒動はありながらも、変わることなく続いてゆくはずだった四姉妹の日常に、大きな亀裂が生じた瞬間でもある。

ある冬の日のこと。ジョーはローリーと、近くの河までスケートをしにでかける。

ジョーは妹エイミーが追いかけてきたことに気づいたが、そのときのふたりは大喧嘩中だったので、あえて知らぬふりをしていた。

やがて氷の状態を調べたローリーが、危ないので岸に沿って滑るようにと警告してくるが、その呼びかけはどうやらエイミーの耳には届いていないようだった。

そのとき、ジョーの心に宿った小さな悪魔がささやいたのだ。

——あの子が注意を聞いていようといまいと、かまいはしない。そんなものは、自分で気をつければいい。

ジョーはそのまま滑りだすが、エイミーは岸辺を離れたために、氷が割れて冷たい河に転落してしまう。

そうなってようやく、ジョーは自分がなにをしてしまったのかを悟ったのだ。

ローリーのとっさの機転で、結果的にエイミーは事なきを得る。

けれどジョーの衝撃――自分自身に対する恐怖は消え去らない。

自分はいったい、なにを望んでいたのか。

薄くなった氷を踏んでしまった妹が、ひやりとすることだろうか。

だがもし氷が割れたら、大変な事態になるのはわかりきっていた。

わかりきっていたのに、自分は放っておいた。なにもしなかった。

それは妹が死んでもかまわないと思っていたことにはならないか。

いや、自分はそうなることこそを望んでいたのではなかったか。

ひとの姿をした悪魔――それこそが自分の本性なのではないか。

「あのエピソードはかなり印象的でした」

ヴィクターが手許の『若草物語』を開き、はらはらとページを繰《く》った。

「同じようなことが、いつ自分の身のまわりで起きてもおかしくないからこそ、いっそう心に残ったというか」

アルフレッドが深くうなずく。

「そう。この作品の優れた点はね、ごく平凡な、だからこそ誰もが身近に感じられるような出来事のなかで、大切な気づきを与えてくれるところにあるとぼくは思うんだ」

近所の河でのスケート遊びも、兄弟喧嘩も、ありふれた日常の光景である。

遊びに危険が伴うことも、腹をたてた兄弟に対して冷たくふるまうことも。

だからこそ読み手は、ありありと想像せずにはいられないのだ。

自分もいつか、ジョーと同じことをしてしまうのではないかと。

あるいはすでに、同じような罪を犯していたのかもしれないと。

「人はみな経験によって学んでゆくものだけれど、その経験が取りかえしのつかないことになる不幸も現実にはままあるね。この本の世界でも、エイミーは下手をすれば溺れ死んでいたかもしれない。もちろん架空の出来事ではあるけれど、ここまで読み進めて四姉妹を好きになっていた読み手なら、ジョーの恐怖をまざまざと感じることができるだろう。自分が実際に体験したことのようにね」

「そうですね。おれはエイミーが助かったあと、あんなにぶつかりあっていた彼女たちが和解するところもいいなと思ったんですよ。ジョーは妹を失いかけて、ようやくその存在の大切さに気がついたんだろうな」

ヴィクターのまなざしが、静かに紙面を追う。

「身に憶えがあるかい？」

「……そうですね。すこしばかり」

「子どものために書かれた本も、あなどれないものだろう？」

ヴィクターが淡く笑う。

「ええ。おみそれしました」

「感謝をするなら、サラのほうにね」

「ああ、そうでした。良い本を教えてくれてありがとう、サラ」

サラは驚き、あわてて首を横にふった。

「そんな、お礼なんて。仕事ですから」

「……ああ、仕事だからね」

乾いた声でつぶやいたヴィクターは、すぐに我にかえったようだった。

「でもこのエピソードが、例の謎とどう関係しているんだろう？　まさかあの図書館で、人の命にかかわるような危険なことが起きていたとも思えないし……あ、ひょっとして、利用者のための梯子《はしご》が壊れかけていることに気がついていたにもかかわらず、あえて黙殺していたとか？」

なるほど。たしかにそれは危険だ。上段の本を取ろうとしているときに梯子がぐらついたら、派手に転落して頭を打つこともあるかもしれない。けれど、夜な夜な図書館に忍びこんでいた初級生ジョーンズの行動とは、どうも結びつかない。

「きみは本当にそうだったと思うのかい、ヴィクター？」

からかうように、アルフレッドが問いかえす。

ヴィクターはたちまち、勢いをなくした。

「……いいえ、ほんの思いつきです」

アルフレッドは声をたてずに笑うと、ティーカップを持ちあげた。

サラの淹《い》れた紅茶を、こくりと口に含み、至福そうにほほえむ。

「人の命にかかわるようなことはね、実際にあの図書館で起こっていたんだよ。でも命にかかわるといっても、いろいろと種類があるだろう？　肉体的な死。精神的な死。それに社会的な死というのもある」

社会的な死。それはたとえば、名誉を失うようなことだろうか。

「まずはきみの友人――読書家のアークライトの言動に注目してみようか。アークライトが図書館のもっとも奥の書架にいたとき、ファグのジョーンズが呼びにやってきた。そのときアークライトの驚いたような声がしたのだったね？」

「はい」

「読書中に声をかけられてびっくりすることはあるけれど、もしアークライトが本を読む以外のことをしていたのだとしたらどうだろう。普段は誰も近づかないような区画に彼がいたのは、人目を避けて本以外のものを読むためだったとしたら」

思いがけない兄の見解に、サラはとまどう。

「本以外というと……授業のノートや、日記や、手紙のようなもの？」

「スタンレーによれば、アークライトは手ぶらで書架から戻ってきたそうだね」

「それなら手紙だったのかしら」

手紙ならポケットにねじこめるが、日記帳などではそうもいかない。

「手紙か。でもひとりで手紙を読みたいなら、学寮に帰るのが自然じゃありませんか？　最上級生はせっかく一人部屋を与えられているわけですし」

「アークライトはきっと、一刻も早くその手紙を読みたかったんだよ」

「でも、届いた手紙が朝食の時間に配られる習慣は変わっていませんよ？　彼が図書館にいたのは夕刻の自由時間でしたから……」

「だからこそ、外部からの手紙ではなかったと推察できるんだよ。手紙というのは、郵送されてくるものだけとはかぎらないだろう？」

「つまり、学内の誰かからの便りだったということですか？」

「うん。学校の敷地は広大とはいえ、いつも大勢の生徒がうろついているのだから、どこに人の目があってもおかしくはない。だからもし、相手と手紙をやりとりしていることを知られたくないときは、それなりの手段を採《と》る必要がある。ぼくはその書架に、彼宛ての手紙が隠してあったのではないかと思うよ」

　あ、とサラは声をあげた。

「アークライトさんがいたのは、普段は誰も近づかないような奥の書架だったわ」

「そう。どの本に手紙を挟みこんでいるか、あらかじめ暗号のように取り決めていれば、格好の隠し場所になるだろうね」

たしかにその方法なら、相手との接点も生じない。安全で確実な手段といえる。

ヴィクターが、考えをまとめるように口にする。

「ということは……アークライトは魔術に関する本を読みふけっていたわけじゃなかったのか。だとしたらアークライトの去ったあと、その場に残ったジョーンズはいったいなにをしていたんだろう」

「おそらく彼は、アークライトの落とした手紙を読んでいたんだ」

「アークライトが落とした手紙？」

「アークライトは、急にファグから声をかけられて驚いていたというね。その彼がひとりですぐに立ち去ったのは、気まずさを感じて早くその場を離れたかったためだととらえることもできる。あわてていた彼が、手紙の一枚を落としたことに気がつかなかったとしても、おかしくはないと思わないかい？」

ヴィクターがカウンターに身を乗りだした。

「だったらその手紙の内容こそ、ジョーンズの妙な行動の原因だったんですね？」

「うん。ジョーンズが夜更けの図書館に忍びこんでいたのは、床に放置してしまった手紙を改めて捜しだすためだったのだと思う。蠟燭《ろうそく》のすぐそばで床に頭をこすりつけるようにしていた彼は、書架の下の狭い暗がりに必死で目をこらしていたんだ。季節は初夏だったそうだから、開館中に窓が開いていることもある。風に飛ばされた手紙が、書架の最下段と床の隙間《すきま》に滑りこんでいるかもしれないと彼は考えたんだろう」

サラははっと息を呑んだ。怪しい儀式めいていた少年の行動が、まったく異なる意味をもつ映像となって、鮮やかに再現される。

「床に蠟燭を置いたのは、書架の下を照らすためだったのね？」

「そのはずだよ。背を向けていた窓のほうからはうかがえなかったかもしれないけれど、彼は燭台をかたむけて、炎の位置をより低くしてみたりもしたのではないかな。そのときに垂れた蠟を拭い去るために、彼は床を拭いていたのさ」

なるほど、とサラは納得する。

けれどふと、違和感もおぼえた。

「でも、兄さま。そもそも彼はなぜ、一度は手にした手紙をアークライトさんに届けようとしなかったの？　彼は自分のファグ・マスターを敬愛していたのでしょう？　だったらすぐに追いかけて手紙を渡すのが、普通じゃないかしら。つい文面を読んでしまったことは気がとがめるかもしれないけれど、黙っていればすむのだし」

「手紙にしたためられていた内容が、ジョーンズにとって衝撃的でなければ、彼は迷わずそうしただろうね」

「衝撃的？」

「恋文だった――としたら？」

サラはきょとんと目をまたたかせた。

「でも寄宿学校の図書館に手紙を隠すのは、生徒以外には無理なはずじゃ……」

そう口にしたところで、サラは言葉をとぎれさせる。たちまち赤くなり、両手で口許を押さえた。

続いて、ヴィクターも啞然《あぜん》とする。

「秘密の恋……をしていたというんですか？　あのアークライトが？」

「彼は整った容姿をしているし、頭脳明晰《めいせき》で性格も温厚だから、彼に惹かれる同性がいたとしてもふしぎではないと思うけれどね」

「それは、そうかもしれませんが……」

まいったなあ、とヴィクターは灰がかった金の髪に手をさしいれる。

アルフレッドはゆったりと、カウンターで両手を組みあわせた。

「とにかく、そうした関係を匂わせる手紙が公共の場に放りだされていたら、大変なことになるのはわかるだろう？」

ぞっとしたように、ヴィクターが顔をしかめる。

「まあ、表沙汰になれば退学にされてもおかしくないですよね。実際、おれの在学中にもそういうことがありましたし……」

「退学処分を受けたのちの人生においても、悪い評判はついてまわるだろうね」

つまりはそれが、アルフレッドのほのめかした社会的な死なのだろう。

平和な図書館に、人の命にかかわるようなことは本当に隠れていたのだ。

「でもそれなら、なおさら不可解じゃありませんか？　ジョーンズが手紙の内容を知ったうえで放置したのなら、それはマスターのアークライトを陥《おとしい》れるような真似をしたも同然ということになりますよ」

「――わたし、わかったわ」

気がつけば、サラはそうつぶやいていた。

「彼がどうして手紙をそのままにしてしまったのか、わかったわ」

アルフレッドがサラの横顔をうかがい、そっとうながす。

「教えてくれるかい、サラ」

ヴィクターも無言のまま、サラの言葉を待っている。

ふたりの視線を受けて、サラはこくりとうなずいた。

「彼が手紙を放っておいた理由は、彼がファグ・マスターのことを本当に好きだったからじゃないかしら。それが恋なのかどうかは本人にもわからなかったかもしれないけれど、マスターを慕う彼の気持ちはとても真摯《しんし》なもので……だからそのマスターに自分などよりももっともっと心の距離の近い相手がいたこと、しかもその相手が自分と同性だったことに、彼はきっと傷ついたの」

懸命に、サラは言葉をつないだ。

「彼は傷ついて、悲しくて、そしてきっと嫉妬《しっと》もおぼえたの。それはいままで知らずにいた感情で、だからこそ彼は冷静さを失ってしまった。とっさに手紙を置き去りにしたのは、それに触れていたくなかったためかもしれないし、いずれマスターが手紙を捜しに戻ってくるだろうと考えたためかもしれない。でももしも誰かの——それも悪意ある第三者の目にとまれば大変な事態になるのは、彼にだってわかりきっていたはず」

サラは膝に置いた両手を、きゅっと握りしめた。

「彼はきっと、ひとりになってから考えたんだわ。自分の本心はどこにあったのか。手紙をなくしたと気づいたマスターが、あわてふためけばいい。自分が爪弾《つまはじ》きにされるような関係は、表沙汰になって壊れてしまえばいい。自分を選んでくれないマスターなど、どうにでもなればいい。そんな残酷な、卑劣な願いがほんのすこしもなかったといえるだろうかって」

サラは顔をあげた。

「彼は自分のあやまちを思い知った。だからこそ必死になって手紙を捜していた。わたしはそう思うの。わたし……間違っているかしら？」

「——いや。ぼくもまったく同じ考えだよ」

愛おしげに、誇らしげに、アルフレッドは妹をながめやる。

「おまえにはなんでもわかってしまうんだね、サラ」

「そんなこと」

サラは身をすくめる。

なんでもわかるなんて、そんなことはない。

サラにとって、世界はわからないことばかりだ。

すると誰にともなく、アルフレッドが語りだした。

「彼の心に芽生えた悪は、誰の心にも潜んでいるものなのだろうね。むしろ感受性の強い人間ほど、そうした感情に悩まされるものかもしれない。誰に対しても心の動かない人間なら、現実のままならなさに苦しむこともないのだから」

サラは思う。

善《よ》き者であること。

善き者であろうとすることは、それゆえ本当に難しい。

「『若草物語』のジョーも、愛情深さの点では姉妹随一かもしれない。だからこその激しさを母親がちゃんと理解しているのも、あの作品の救いになっているところだろうね」

「それはおれも思いました」

すかさずヴィクターが同意する。

「凍った河にエイミーが落ちた事件のあと、ジョーを厳しく叱ってもおかしくないのに、あの母親はそうしないんですよね。絶望するジョーに対して、自分にも同じような激しさがあってそれを抑えるのに四十年もかかったと逆に告白する」

「しかもそれが、いつも優しくて欠点なんてひとつもなさそうな母親の真の姿だというのだから、いっそうジョーの心に響いただろうね」

「なかなかできることじゃありませんよね」

完璧な存在だった親が、自分と変わらないひとりの人間だと気がついたとき、子どもは一歩、大人へと近づくのだろう。その経験は、幻滅と結びつく場合も多いのかもしれないけれど。

「まあ、そこは物語だからね。こうであったらいいと思う世界があるなら、現実をそれに近づける努力を、自分がしていけばいいのさ」

「それが読者の責任ですか？」

「どんな本も、読みとげたらそれで終わりというものではないからね」

「――ですね。心がけます」

ヴィクターは口の端をあげたが、すぐにまじめな表情に戻った。

「ところでちょっとわからないことがあるんですが、アークライトの落とした手紙は結局どうなったんですか？　手紙の件が表沙汰になってないことからして、手紙は第三者の手には渡らなかったんですよね？　アークライトにまったく焦った様子がなければ、手紙は彼自身が拾ったんだろうと、ジョーンズはむしろ安心できたと思うんですが」

「ジョーンズの行動を考えると、おそらくこんな事情だったんじゃないかな」

そう言いおき、アルフレッドは順を追って説明した。

「アークライトが手紙を落とした日、ジョーンズが夜の図書館に忍びこんだときには手紙はすでになくなっていたんだ。その一方で、アークライトがあれから図書館に足を運んでいないことも、ジョーンズは知っていたんだろう。そして翌日になっても、アークライトの様子に変わったところはない。となれば、アークライトは手紙の紛失に気づいていないことになる。ジョーンズは考えた。それなら手紙は誰かに拾われてしまったか、図書館のどこかにまだ落ちているはずだ――とね」

ヴィクターが、気の毒そうに顔をしかめた。

「ジョーンズはぞっとしただろうな。手紙をなくしたことにアークライトが気づいていないなら、彼が捜そうとするはずもないわけで……だから自分がなんとかしなければと思いつめたんですね」

「うん。手紙を盗み読んで、しかも放っておいたことを、ジョーンズはできるなら隠しておきたかった。憧れている相手に軽蔑されるほど辛いことはないからね。幸い、手紙の件が騒ぎになっている気配はなかったから、くまなく図書館を捜しまわればきっと発見できると期待したんだろう」

「夜中を選んだのは、人目を気にかけたためですか？」

「だろうね。そもそも図書館には当のアークライトがいることが多いから、鉢合わせしてしまうのも避けたかったんじゃないかな」

「そうか……ん？　でも落とした手紙は、結局どうなったんだろう？」

「もちろん、拾われていたのさ。ジョーンズが手紙を放りだしてから、その日に図書館が閉館するまでの数時間のあいだにね」

　ヴィクターがぽかんとする。

「拾われていたって……誰にです？」

「手紙の差出人にだよ」

　さらりと、アルフレッドが核心を告げた。

「いるだろう？　図書館を閉めるにあたって、館内を歩きまわっても不自然ではない人物が。アークライトが手紙をちゃんと受け取ったかどうか確かめるため、彼は奥の書架まで足を運び、そこに落ちていた手紙を発見したんだよ」

　サラは目をみはり、つぶやいた。

「……図書館の、館長さん？」

「サラはやっぱり賢いね」

「ええっ⁉」

ヴィクターはのけぞり、スツールから転げ落ちそうになった。

「おやおや。大丈夫かい、ヴィクター？」

「だ、大丈夫です……が」

危ういところで、ヴィクターはカウンターにすがりつく。

「いや……でも図書館長が恋の相手だったなんて、そんなことが……本当に？」

「そもそもきみの言っていたことじゃないか。ぼくの卒業したあと、アークライトは館長からずいぶん気に入られていたようだって」

「う……そうですが、おれはそういうつもりで言ったわけでは」

狼狽《ろうばい》する後輩を、アルフレッドはおかしそうにながめる。

しばらくしてから、穏やかな声音できりだした。

「季節はめぐる。だからもう終わったことなんだと、卒業を控えたアークライトはきみに語ったのだったね。あの図書館には魔力が宿っているのかもしれない、とも」

サラははっとした。

あの述懐《じゅつかい》は、彼自身の恋についての心境を語ったものだったのだろうか。

サラは、この世のなにもかもを承知しているような兄の横顔をみつめる。

「それなら……季節が移り変わったのとともに、アークライトさんの恋も終わりを告げたの？」

「おそらくね。でもその季節というのは、現実の四季だけでなく、彼の心の季節のことも指していたのではないかと思うよ。人生における少年時代は、よく春にたとえられるものだろう?」

人生の春が去り、その季節の恋もまた過去のものになったということだろうか。

「尊敬できる年長者から特別に期待をかけられること、そして魅力的な年少者から一途に慕われることは、双方にとって幸福で満ちたりた関係だろうからね。アークライトと館長の関わりあいも、きっとそんなふうに始まったんじゃないかな。でも人間は成長するものだ。その変化をふたりのどちらかが認めることができなければ、夢にまどろむような恋はいずれ醒《さ》めるだろう」

「夢から、醒める?」

サラはどきりとする。よどみのないアルフレッドの言葉は、熟練の検死医の手さばきを彷彿《ほうふつ》とさせる。生身の心をするりと切り裂き、そのからくりを怖いくらい冷静に分析するのだ。

ヴィクターが、理解の追いついていない面持ちで確認する。

「つまり、離れていったのはアークライトのほうだということですか?」

「館長はね、少年が好きなんだよ。たとえばほら、あの『不思議の国のアリス』の作者のルイス・キャロルなどは、年端もいかない少女を偏愛していたというだろう? ちょうどそんな具合に、あの人の興味の対象は特定の年代の少年だったのさ。おそらくは、それを感じ取ったアークライトのほうが、意識的に遠ざかったのではないかと思うよ。いつまでも子ども扱いされては、息苦しくてならないからね」

「ああ、なるほど……」

ヴィクターが、いたたまれない顔つきのまま、なんとかうなずく。

そしてふと、けげんそうな視線をアルフレッドに向けた。

「でも先輩、そんなことまでよく把握していますね」

「ぼくの実体験を踏まえたうえでの考察だからね」

「……は？」

「だから昨日も言っただろう？　在学中、ぼくも館長から少なからず目をかけてもらった認識はあるって」

「あ」

兄の科白《せりふ》の意味を呑みこんだ瞬間、サラの視界が暗くなった。

ゆらりとかしいだ彼女の身体《からだ》を、アルフレッドがとっさに支える。

「ああ、サラ！　しっかり！」

「兄さまが、兄さまが、そんな……」

「違うんだよ、サラ。驚かせてすまなかった」

動揺するサラの視線をとらえて、懸命になだめる。

「先にちゃんと説明をするべきだったね。おまえが心配するようなことはなにもないんだよ。おまえに伝えるのをためらうようなことは、ぼくはなにひとつしていないし、されてもいないから」

「……本当に？」

「誓って本当だとも」

でも、とヴィクターがおそるおそる口を挟む。

「先輩が、図書館長から特別な歓心を得ていたのは、事実なんですよね？」

「ぼくの自惚《うぬぼ》れでなければ、そのはずだと思うよ。ぼくのほうもね、最初は単純に、優秀な生徒だと評価してもらえたことを喜んでいたんだ。あの年頃は、大人から対等の人間として扱われることを、ことのほか嬉しく感じるものだろう？」

「……ええ、それはわかります」

「実際、博識な館長から学ぶところは多くてね。彼との知的な交流は、ぼくにとって刺激的だったんだ。彼の言動にいささか熱がこもりすぎているのではと感じるようになったのは、かなり経ってからだったよ。ぼくもそのころは、まだ人生経験の乏しい子どもだったから」

「先輩の人生において初心《うぶ》な時代なんてものがあったことが、すでにおれには信じがたいんですが」

　醒めたまなざしのヴィクターに、アルフレッドはふわりと口の端をあげてみせた。

「まあ、そこはちょっとした好奇心も手伝って、あえて無邪気なふうを装ってなりゆきをうかがっていた部分もなきにしもあらずだけれどね」

「ちょっとした？」

　ヴィクターが目を剝《む》く。

「あきらかに好奇心旺盛の範囲を超えているでしょう！」

「好奇心は猫をも殺す、かい？」

「そうですよ！」

「そんな含蓄のある俚諺《りげん》は、当時は寡聞《かぶん》にして存じあげなかったんだよ」

「またそういう、白々しいことを」

　げんなりするヴィクターにも、アルフレッドはびくともしない。

「なんにしろ、変化の乏しい寄宿生活においては、興味を惹かれる体験だったのさ。あの図書館には魔力が宿っているのかもしれないと、アークライトも言っていたのだろう？

たしかに知の殿堂のようなあの空間では、外の世界で異端とされていることもさほど抵抗なく受け容れられるような気分になるんだ」

　数百年にわたる書物の歴史は、塗りかえられてきた異端の記録であるともいえる。

新しい宗教。新しい科学。時代とともに異端は正統に、正統は異端に移り変わり、忘れられた歴史は書物の奥にだけひっそりと息づいている。

そんなあまたの書物に囲まれていると、外の世界での常識が取るに足らないものに感じられても、ふしぎではないかもしれない。

サラだって、もしも憧れの女性が自分宛ての特別な手紙を本に忍ばせてくれたら、胸がときめいてしまいそうな気がする。

そんな想像をこっそりめぐらせてみたところで、サラはある考えに思い至った。

「兄さま。ひょっとして、図書館の奥の書架に手紙を隠すやりとりも、兄さまの体験したことだったの？」

「うん。だからアークライトが奥の書架にいたと聞いたとき、もしやと思ったんだ。館長が今度はアークライト相手に、芸もなく同じ手を使っていたんじゃないかとね」

あっさりと、アルフレッドは白状する。

ヴィクターがたじろいだ表情でこぼす。

「芸がないだなんて……なんだか辛辣《しんらつ》ですね」

「ぼくだって、本を介した手紙のやりとりそのものは、気が利いていて悪くないと思っているさ。けれどいくらロマンティックだからといって、同じことを平気でくりかえすその行為こそが、館長の価値観を象徴しているからね。だからぼくは、早い段階で彼との関係に見切りをつけたんだ」

「どういうことです？」

「時が経つにつれ、ぼくは感づいたのさ。館長は他の誰でもないぼくに執心しているわけではなく、ぼくのような少年を好んでいたにすぎないんだとね。それで、なんだか興ざめしてしまったんだよ」

「そこに違いはあるんですか？」

「ぼくとアークライトの共通点を挙げてごらん」

「読書家で、頭が良くて、がさつな感じのしない生徒――ですか？」

とまどい気味に、ヴィクターが昨日と同じことを口にする。

サラは気がついた。

「……黒い髪に、青い瞳だわ」

「あ、そういえば！」

黒髪に青い瞳。かつ穏やかな性格で整った容姿。それがふたりに共通する特徴だ。

「つまりね、ヴィクター」

アルフレッドが、ゆったりとファグ・ボーイに笑いかける。

「きみが館長に目をつけられなかったのは、きみが読書嫌いで頭が悪くてがさつな感じのする生徒だったからではなく、髪と瞳の色が彼の好みに添わないという理由が大きかったんだよ。安心したかい？」

「……いや、おれのことはどうでもいいんですよ」

「きみが自信を失ってしまったかと思ってね」

「おれはなにも失っていませんので」

ごほごほ、とヴィクターは咳払いをする。

「それで、先輩は館長とは距離を置くことにしたわけですか？」

「知的な関心を共有した生徒と教師という、ありふれた間柄までね。卒業まで、それなりに良好な関係は保っていたんだよ。でもぼくのほうは最初から彼の趣味に本気でつきあう気はなかったから、目を醒ましてもらえるようなことを伝えたんだ」

「どんなことです？」

「ぼくは父親似なので、そのうち瞳は灰色に変わると思いますよ――とね」

サラは兄の瞳をみつめた。ラピスラズリのような深い青。彼の父とよく似た色だ。

「……でたらめを教えたの、兄さま？」

「嘘《うそ》も使いようというからね。それに嘘だと悟られてもいいのさ。そのほうが、よりぼくの意図が理解できるというものだろう？」

「……悪い男だなあ」

頬杖をつき、ヴィクターが嘆息《たんそく》した。

アルフレッドは苦笑する。

「もちろん、アークライトならそんなやりかたは選ばなかったと思うよ。いずれは終わる関係だと予感できていたとしても、彼にとっては大切な時間だったのだろうからね」

「だからアークライトさんは、季節がめぐったとだけ語ったのね」

「人と人との関わりあいには、いろいろなかたちがあるものさ」

外の世界と隔絶された、特異な環境で育んだ関係だからといって、それが贋物だったり無価値だったりすることにはならないだろう。

けれど人は変わる。失われる関係もある。

季節は移ろい、人生は続いてゆくのだ。

ふと、ヴィクターが目をあげる。

「とすると、もう終わったことだというアークライトの言葉は、ジョーンズの恋のことも指していたんでしょうか」

「おそらくはね。ジョーンズの奇妙な行動のことをきみから知らされたアークライトは、すぐに状況を悟っただろう。そして落とした手紙の件について、ふたりだけで話しあったんじゃないかな」

おたがいに、どこまでをはっきり言葉にしたかはわからない。それでもきっと、アークライトにはジョーンズの心情があまさず理解できたはずだ。彼を慕う後輩の姿は、まるで彼自身を鏡に映したようであっただろうから。

「アークライトのことだから、ジョーンズを許してやったんだろうな」

「ジョーンズにとっては、さまざまな意味で苦い経験になったかもしれないけれどね」

「でも——きっと忘れはしないわ」

サラは独り言のようにささやいた。

「彼は、きっとずっと憶えているわ。アークライトさんを真剣に慕っていた自分の気持ちまでは、後悔しなかったと思うから」

ジョーンズの春の恋は、花が咲き始めることもなく終わってしまったのかもしれない。

けれどその思い出は、色あいを変えながら、彼の心に残り続けるはずだ。

思い出を綴《つづ》った日記のインクが、しだいにセピア色へと変化するように。

そのとき、苦しさもまた懐かしく、愛おしく感じられるようになるものなのか、サラには想像することしかできなかったけれど。

「うん、ぼくもそう思うよ」

サラの考えを慈しむように、アルフレッドが同意する。

そして宙に向かって、いたずらっぽいまなざしを投げた。

「ぼくもいまになってみれば、館長に対してやや大人げない仕打ちをしてしまったかなと思わなくもないよ。彼は彼なりに、真剣な気持ちをぼくに向けていたのだろうからね」

「そうそう、先輩は冷たすぎますよ。慈悲深そうな顔をしているくせに、やることに容赦がないんだから」

「見損なったかい？」

　ヴィクターは首を横にふる。

「──いや、それはいまさらですね」

「たくましくていいね、ぼくのファグ・ボーイは」

「そうでなければ務まりませんよ、あなたのファグなんて」

「たしかに、アークライトなどは優秀な人材だとは思うけれど、ぼくのファグには向いていなかったかもしれないね」

「おれと違って、あいつは繊細ですからね」

　あら、とサラは声をあげる。

「でもヴィクターさまだって、とても繊細なかただと思うわ。本の感想をうかがっていれば、ちゃんとわかります」

　ヴィクターが得意げに、アルフレッドに向きなおった。

「だそうですよ、先輩？」

「サラは優しい子だからね」

「わたし、決してお世辞のつもりでは──」

あわてるサラの抗議をさえぎり、アルフレッドはほほえみかける。

「だから憶えておいで、サラ。そんな優しいおまえがそばにいてくれるかぎり、ぼくの心は常夏《とこなつ》なんだよ」

サラはとっさの返事につまった。兄の堂々とした愛情表現に、サラは時々どう反応したものか困ってしまう。他人の目のあるところでは、なおさらである。

「……兄さまに常夏って、なんだか似つかわしくない気がするわ」

「おれも同感だな」

「なんだい、ふたりとも」

心外だというように、アルフレッドが片眉をあげる。

「まるでぼくは冷酷非情な雪の女王で、極寒の冬こそがお似合いだとでも思っていそうな口ぶりじゃないか」

「そもそも頭が常夏の人間は、自分からそういうことを言いだしたりしないんですよ」

「ああ、なるほど。勉強になるな」

「だからそういうことも――」

ヴィクターが声をとぎれさせる。まじめに取りあうだけ無駄だと悟ったようだ。

くつくつと笑いながら、アルフレッドが立ちあがる。

「お茶のお代わりは、ぼくが淹れてくるよ。ふたりで『若草物語』の感想でも語りあっているといい。きみの繊細なところをせいぜいサラに披露してやるんだね、ロックハート」

「……なんだか棘《とげ》があるなあ」

アルフレッドの背中を見送りつつ、ヴィクターがぼやく。

「まあ、先輩からいきなり繊細扱いされても、気味が悪いだけだけれどね」

「でも本当に、ヴィクターさまは感受性の豊かなかただと思います。そうでなければ、本の登場人物の心の機微に、あんなに自然に寄り添えるはずがありませんもの。『若草物語』の四姉妹なんて、性別も境遇もヴィクターさまとはまったく違うというのに」

ヴィクターはかすかに頬を赤くした。

照れ隠しのように、早口で説明する。

「おれにも兄弟がいるから、彼女たちの心境を想像しやすかっただけだよ。ほら、おれもマーチ家と同じ四人兄弟だろう？」

そういえば、とサラは思いだす。

「お姉さまがおひとり、いらっしゃるのでしたね」

「うん。ふたつ違いで、グレイスっていうんだけれど」

その名を口にしたとたん、ヴィクターはどことなく渋い顔になる。といっても仲が悪いのではなく、頭があがらない相手なので苦手にしているといった雰囲気だった。齢《とし》の近い彼らの関係性をちょっぴりつかめたようで、サラはほほえましい気分になる。

「長女でいらっしゃるなら、『若草物語』のメグと似たところがおありですか？」

「うーん。だいぶ違うかな。美人でしっかり者なところは似ているかもしれないけれど、姉貴のほうは社交界にもまったく興味ないみたいだし。そもそもメグのようにしとやかな感じがないんだよ。全然。これっぽっちも。性格だけなら、むしろ次女のジョーに近いな」

「本当ですか？　わたし、マーチ家の四姉妹ではジョーが一番好きです」

「え、そうなの？」

「意外でしたか？」

「なんというか……きみは三女のベスに似ている気がするから、彼女に共感するのかなと思ったんだけれど」

そうだろうか、とサラはふしぎに感じる。

サラはむしろ、感情の激しいジョーのほうに自分自身をかさねあわせていた。

「ベスは天使のような女の子ですから、もちろんわたしも好きにならずにはいられませんけれど……でも心をつかまれて忘れられないような場面は、ジョーにからんだものが多いんです」

「氷の割れた河にエイミーが落ちた、例のエピソードとか？」

「はい。でも一番好きなお話は、他にあって」

「それならぜひ教えてほしいな」

ヴィクターはいそいそと、手許の『若草物語』をサラに向ける。

「物語の後半、四姉妹の父親が戦地で負傷したことを知らせる電報が届いたので、母親がワシントンの病院にかけつけるための支度をしているところなんですけれど」

サラはひそやかな手つきで、本のページを繰った。

「なんとか両親の力になりたいと思ったジョーは、家族に黙ったまま自分の髪を売って、お金に替えるんです。ジョーは豊かな髪を失って本当は辛くてたまらないのに、家族に気を遣わせまいと必死で明るくふるまっていて……」

「ああ、うん！　あのときのジョーは、すごく印象に残っているよ。普段は男の子みたいにさばさばしているだけに、夜ひとりで声を殺して泣いているのが、なんだかいじらしくてさ。本当に良い子なんだなって思ったよ」

サラはうなずいた。

「それに彼女の髪はあまり人気のない色だったので、期待したほど高く買ってもらえないとわかったとき、どんなに打ちひしがれたことだろうって」

少女がひとり床屋に飛びこんで、見知らぬ店主相手に髪を買ってほしいと訴えた勇気。そして店主が買い取りを渋る理由が、自分の髪に商品としての価値がないからだと知ったときの心情を思うたび、サラは胸のつぶれる心地になる。だってその髪は、容姿に自信のないジョーが唯一の自慢にしていた美しい髪だったのに。

「ジョーの無念は、とても他人事とは思えなくて。わたしの髪も、きっとブロンドのように高くは売れないはずですから」

「そんなこと！」

とっさに、ヴィクターが大きな声をあげた。

「黒髪だって人気はあるさ。あ……いや、そうじゃなくて。人気が劣るからって、黒髪が金髪より魅力がないことにはならないと、おれは思うよ。金銭的な価値は、また別の問題としてさ」

なぜかしどろもどろになるヴィクターを、サラはぽかんとみつめる。そして合点した。どうやらヴィクターは、高く売れないからといって黒髪を残念がることはないと、サラを励まそうとしてくれているらしい。思いやりのある人なのだ。

サラはほほえんだ。

「ありがとうございます。でも心配なさらないでください。わたしは、この髪を残念だと思ったことはありませんから。むしろ兄と似ていることがとても嬉しいんです」

「ああ、そうか。そうだね。ならいいんだ」

気恥ずかしそうに、ヴィクターは金灰の髪に手をやる。

サラは目の端で、自分の肩口にこぼれた黒髪をとらえる。

兄とそっくりの艶《つや》やかな黒髪。サラが自分の外見のうちで、愛おしく思える唯一のものだ。けれどももしもこの黒髪が兄の役にたつことがあるなら、サラはいつだって喜んで切り落とすつもりでいた。兄は決して、そんなことを自分にさせはしないだろうけれど。

サラは話題を変えた。

「四姉妹のほかに、ヴィクターさまの印象に残った登場人物はいましたか？」

「ん……そうだな。ブルック先生の好感度は、かなり高かったな」

「ローリーの家庭教師の、ジョン・ブルック先生ですね」

「彼は立派な人だと思う。貧しい生まれで苦労してきたせいか、ちゃんと地に足がついているし。隣家のメグに対する好意だって、軽率に打ち明けて相手を困らせたりしないし。とにかく言動が誠実で、ローリーみたいにしょうもないいたずらもしないし」

サラはなんだかおかしくなった。お坊ちゃん育ちのローリーに対する厳しい評価とは、ずいぶんな違いである。

「ローリーはまだ子どもなんですから、そんなふうに比べたらかわいそうですよ。それにロマンティックなところは、ふたりともよく似ていませんか？　ほら、ブルック先生の恋の秘密を、ローリーがこっそりジョーに打ち明けるところなんて」

「そういえば、あの場面は傑作だったな」

「わたしも大好きです」

ブルック先生が、メグの落とした手袋を大切にポケットにしまいこんでいるのを知ったローリーは、そのとっておきの秘密をいそいそとジョーに伝えるのだ。

「ローリーはジョーが喜ぶと思っていたのに、彼女はこう斬って捨てるんですよね」

サラとヴィクターはちらと視線をかわし、声をそろえた。

「『気持ち悪い！』」

我慢できずに、ふたりは噴きだす。

「ジョーはひどすぎるって。ブルック先生が気の毒だよ」

「くだらないとか、いやらしいとか、散々な言われようですものね」

サラは本のその場面を探しあてて、ローリーとジョーの会話を拾い読みする。

「でもジョーの反応は、大好きなメグを他人に取られたくない気持ちのあらわれでもあるんですよね。決してブルック先生個人を嫌っているわけではなくて。だからかわいらしいというか、本当にメグを愛していることが伝わってきて、むしろせつないような気持ちになります」

女性として花開いてゆこうとする姉。

男の子のような妹から遠ざかってゆく姉。

そんなメグに対して、ジョーはひとり苦しさを嚙《か》みしめることしかできない。

そもそもお転婆の許されない大人の女性になど、ジョーはなりたくないのだ。

けれど仔猫がじゃれあうように愛し愛されて満たされていた子ども時代には、終わりが近づいている。あたたかな巣で育まれた雛鳥たちは、やがて広い空に飛びたってゆかねばならない。

季節はめぐり、かけがえのない絆もまた、ゆるやかにかたちを変えてゆくのだ。

それがいまのジョーには、まだ耐えがたい。だからサラは、四姉妹の誰よりもジョーに心を寄せずにいられない。

「先輩もきっと、同じような心境なんだろうな」

サラはどきりとして、視線を持ちあげた。

「え？」

「だからきみに対してだよ。きみの心を攫《さら》っていきそうな相手は、先輩にはきっとみんな許しがたい敵に思えるのさ」

「そう、なのでしょうか」

「そうだろうともさ」

自信たっぷりに、ヴィクターが請け負う。

「でもわたしは、誰にも心を攫われたりなんてしませんし」

ヴィクターのまなざしに、どことなく疲労感がにじんだ。

「……うん。それは、先輩みたいな完璧な兄がいれば、たいがいの男がろくでもなく感じられるのは当然だと思うけれどね」

サラは我にかえり、あわてて否定した。

「あ、違うんです！　そういう意味ではなくて。ただ、明日の自分の暮らしがどうなるかもわからないのに、そういったことにはあまり気持ちが向かないというか……」

たどたどしいサラの釈明に、今度はヴィクターのほうがうろたえた。

「あ……そうか。そうだろうね。ごめん。おれが馬鹿だったよ。きみたちの状況を考えもしないで」

「どうか謝ったりなさらないでください。きっと、ヴィクターさまが思っていらっしゃる以上に、わたしはいまの生活を楽しんでいますから」

サラはできるかぎり、やわらかな声で伝えた。

「子どものころから、両親はわたしにほとんどかまうことがありませんでした。ですから兄が屋敷にいないときのわたしには、家庭教師と乳母と数えるほどの使用人以外に言葉をかわせる相手はいなかったんです。わたしが本の世界に夢中になったのは、そのさみしさをまぎらわせるためでもあって」

開いたままだった『若草物語』を、サラはそっと閉ざした。

「でもいまは、その本を通じていろいろなかたと知りあうことができます。それがわたしは嬉しくてならないんです」

《千夜一夜》を訪れる客のほとんどは、サラたち兄妹の本来の身分では関わりあうことのないはずだった人々である。

本を買うお金も、読む時間も、置く場所もかぎられている。

それでも本が読みたい。本の世界に旅をしたい。

そうした客人たちが、書架からこれぞという一冊を抜きだしていそいそとカウンターにさしだすとき、彼らの期待が伝染するように、サラの胸もひそかに高鳴る。

眠りについていた本は、まさに扉を叩かれたところなのだ。

扉を開けば、そこには一期一会の小宇宙が待っている。

読み手によって姿を変える、万華鏡のような世界が。

だから本を借りた客を見送りながら、サラはいつも心の中でささやく。

――どうぞ、良い旅を。

あなたの旅が、想像を超えるすばらしい体験になりますように。

そうでなくても、また次の旅にでかけたいと思ってくれますように。

本との関わりあいはとても個人的なものだから、読み終えた本についてこちらから感想を求めることはしないが、サラの願いはいつだって変わらない。

相手がどんな人間であろうとも。

「ロックハート家のみなさまがいらしてくださってからは、もっと楽しくなりました」

ヴィクターは胸をつかれたように、サラをみつめる。そしてゆっくりと告げた。

「きみが、本当にそんなふうに思ってくれているのなら、おれも嬉しいよ」

「わたしは兄ほど嘘が上手くはありませんから」

「ああ、なるほど」

かすかな苦笑が、ヴィクターの頬に浮かびあがる。

共犯者めいたその表情に、サラの心はふしぎと安らいだ。

ぽつりと、彼女はつぶやく。

「夏が」

「ん？」

「夏が終わるまでは、この町にいらっしゃるご予定ですか？」

「うん、そのつもりでいるよ。休暇の明けた秋が、いまから憂鬱《ゆううつ》でならないな」

嘆息する彼に、サラはほほえんでみせる。

「でも、まだずっと先のことですから」

ヴィクターはほんの一瞬だけ、サラに瞳をさだめる。

そしてはにかむような笑みを、口許に広げた。

「——そうだね。夏はまだまだこれからだ」

第三話

末の世のアラビア夜話

LONDON
ALF
LAYLAH
WA
LAYLAH

1

《千夜一夜　Alf《アルフ》 Laylah《ライラ》 wa《ワ》 Laylah《ライラ》》には、兄の名と同じ綴《つづ》りが含まれている。

それが秘密の符牒《ふちょう》のようで、サラは嬉しかった。

でも、と彼女はひそかに思うのだ。

自分の名がライラなら、なおのこと良かったのに。

なんでも、ヨーロッパの各地でもなじみ深いライラやレイラという名は、アラビア語のライラ——つまり〝夜〟に由来しているという。

夜の娘。幻想的で、うっとりするような響きのその名に比べれば、サラなどそっけなくてつまらない。

一度、そんな詮のない愚痴《ぐち》を、兄にこぼしたことがある。

すると、贅沢なことを言うものじゃないよ、と笑いながらたしなめられた。

「サラの名はヘブライ語で〝王女〟を意味するのだから、よほど上等じゃないか。おまえは、ぼくらのささやかな千年王国を統べる王女になるのさ」

なるほど。そういうことなら悪くないかもしれない。

ふたりきりの千年王国の始まりから、もうすぐ三年。

静かで穏やかな生活は、ほんのすこしだけ変化した。

「おいしいフラップジャックをどうもありがとう、サラ。それじゃ、また来週にね」

「いつでもどうぞ。帰り道、お気をつけて」

常連客のご婦人を、サラは笑顔で送りだした。丸い背中が、ゆっくりと通りの向こうに消えてゆく。それを見届けてからも、サラはしばらく店先にたたずんでいた。

「ヴィクターさまたち、今日もいらっしゃらないのかしら……」

柱時計の針は、すでに午後の三時をまわっていた。ロックハート家の三兄弟が店に顔をだすときは、たいていこの時間にはやってくるはずだった。ここ数日は姿をみせなかったので、今日あたり来店するのではないかと、オートミールにたっぷりのレーズンとアーモンドを混ぜたフラップジャックを焼いてみたのだけれど。

サラは我知らずため息をつき、そんな自分に苦笑する。いつのまにか、三兄弟の存在がすっかり日常に溶けこんでしまったようだ。待つことには慣れているはずなのに、こちらからは連絡をとれない自分の立場が、ほんのすこしもどかしい。

サラはくるりと踵《きびす》をかえすと、カウンターに積んである本を腕にかかえた。客のいないうちに、返却本を書架に戻してしまおう。

「ええと、オースティンの『高慢と偏見』はここで、ディケンズの『二都物語』はここ。ヴェルヌの『地底旅行』はこっちで、ハーンの『日本の面影』は……」

サラが紀行文の棚に足を向けたときだった。耳慣れた音が、窓の外から近づいてきた。ぱたぱたぱた、と軽やかに石畳を蹴りつける、ふたつの足音。

「あ」

サラが顔をあげると、身体《からだ》全体で扉にぶつかるように、ラウルが店に飛びこんできた。おそろいの麦わら帽子をかぶった末っ子のエリオットが、すぐに続く。

「こんにちは！」

「こんにちは！」

「いらっしゃいませ。ラウル坊ちゃんに、エリオット坊ちゃん」

サラは彼らを出迎えるため、カウンターのほうに歩きだす。けれど最後の来訪者の姿を目にしたとたん、おもわず足をとめていた。

「ヴィクターさま。いったいどうなさったんですか？」

「ああ……ごきげんよう、サラ」

虚《うつ》ろな笑みをサラに向けたヴィクターは、ひどい顔色をしていた。よろめくように店内に踏みこむと、ぐったりとカウンターにもたれかかる。

サラはびっくりして、彼にかけよった。

「どこかお加減が悪いのですか？」

「大丈夫。ただの二日酔いだから」

「兄さまはお酒を飲みすぎて、頭が痛くなったんだって！」

「頭ぐらぐらでがんがんなんだって！」

「まあ」

「おまえたち、頼むからもうちょっと静かにしゃべってくれ」

「はーい！」

「はーい！」

「うう……脳みそに響く」

深刻な病ではないとわかっているからか、弟たちはしゃぼん玉がぱちぱちと弾けるように笑っている。

サラもほっとして、表情をゆるめた。二日酔いなら、きっとすぐに回復するだろう。

お茶の用意をととのえたサラが店に戻ると、エリオットが歓声をあげた。

「フラップジャックだ！」

小さな紳士たちは我先に手をのばして、たちまち顔をほころばせる。

ヴィクターのほうは、ミルクなしの紅茶を静かに啜《すす》っている。いつもなら喜んで菓子にも手をつけるのだが、二日酔いのせいで食欲がないらしい。

「今日はお屋敷で休んでいらしたほうが、よろしかったのではありませんか？」

午後の散歩に付き添うのはもともとナースたちの仕事なのだから、一日くらい代わってもらっても支障はないはずだ。

「いや、おれが外出したかったからいいんだ。それに起き抜けに比べれば、ずいぶん良くなったから。それにしても……おいしそうなフラップジャックだな」

夢中で焼き菓子をほおばる弟たちを、ヴィクターはうらやましげに見やる。

「先ほどのお客さまにも、お褒めいただいたんです」

レーズンの甘酸っぱさとアーモンドの香ばしさの塩梅《あんばい》が絶妙で、ずっしりした歯ごたえがたまらないと好評だった。

「兄の作ったものには劣る味かもしれませんが」

そろそろヴィクターたちが来店すると思ったので、なにか自分にできるもてなしがしたかったのだ――という説明は胸の内にとどめる。こちらが彼らを待ちかねていると告げることで、負担に感じさせたくはなかった。

「きみのお手製なの？　それならなおのこといただきたいよ」

ヴィクターは勇んでフラップジャックを一枚つまみあげるが、やはり口にする気分にはなれないのか、申し訳なさそうに手をおろした。

「あの……よろしければ、いくらかお持ち帰りになりますか？」

ぱっとヴィクターが顔をあげた。

「いいのかい？」

「そうしていただけたら、わたしも嬉しいです」

「だったらぜひお願いするよ。おれだけ食べ損ねるなんて口惜しすぎるから」

サラはほほえんだ。

「ではお包みしてきますね」

「あ。この本、ぼくお返しします！」

カウンターを離れかけたサラをひきとめたのは、次男のラウルだった。ハンカチーフで口と手を拭い、持参した本をかしこまってさしだす。

サラも礼儀正しく、両手で本を受け取った。

「はい。ご利用ありがとうございました」

ラウルが返却したのは、子どものために編まれた『千夜一夜物語』の選集の一冊だ。最近のラウルは、来店のたびに新しい本を借りてゆく。一冊一話形式の本を次々と読破して、冊数をこなす達成感を味わっているらしい。

その感覚はサラにもよくわかる。屋敷の図書室に収められた、無限のような書物を読む許しを与えられたときは嬉しさに胸がふるえたし、ひとつの書架の本をすべて読み終えたときは、まるで偉業を成し遂げたような心持ちになったものだった。

本の状態をざっと確認して、サラはうなずいた。

「破れも折れもないようですね。大切に扱ってくださって、本当に助かります」

「……本は大事にしなきゃいけないって、いつもマージが言っていたから」

ラウルは頬を赤らめると、急いでヴィクターに顔を向けた。

「兄さま。新しく借りる本、探してきていい？」

「いいよ。好きなもの、選んでくるといい」

「ぼくもー」

足をばたばたさせるエリオットを、ヴィクターがひょいと降ろしてやる。

ふたりは手をつなぎ、子ども向けの本を集めた棚のほうにかけていった。

その背中を見送りながら、ヴィクターが含み笑いを浮かべる。

「この調子だと、ラウルはかなりの読書家になりそうだな」

「あまり読書に夢中になりすぎて、日課のほうがおろそかになってもと気にかかっているのですけれど……」

「その心配なら無用だよ。最近のラウルは、苦手だった綴りの練習も面倒がらないようになったらしい。もっと難しい本も、すらすら読めるようになりたいからだって。だから礼を言わないといけないのは、むしろこっちのほうだよ」

「お礼なんて。この店にいらしたことは、ほんのきっかけでしかありませんから」

「そのきっかけというのが、人生においてはなかなか重要なのさ」

訳知り顔で、ヴィクターはお茶を飲みほした。

そのとき、三兄弟の来店を察したのか、アルフレッドが扉から半身をのぞかせた。

「やあ、ヴィクター。ひどい顔だね」

「おかげさまで、二日酔いなんです」

昨日は大学の友人に誘われて、夜遅くまでロンドンで飲み明かすことになったのだ、とヴィクターは説明した。

「なにか深刻な相談ごとでも受けたのかい？」

アルフレッドがあたりまえのようにたずねたとたん、ヴィクターが動きをとめる。ややしてから、ため息混じりの苦笑いを洩《も》らした。

「……あいかわらず、なんでもお見通しなんですね」

「きみの行動様式からして、翌日ひどい二日酔いに見舞われるほど暴飲することそのものが、すでに意外だったからね。友情に篤《あつ》い性質《たち》のきみが、どうしてもつきあわずにはいられないだけの理由があったのではないかと推測したんだよ。失恋した友人の自棄酒《やけざけ》の相手をしていた、というわけではなかったようだね」

「そうだったら、どんなによかったかと思いますよ」

ヴィクターは困り果てたように、まなざしをくもらせた。

「じつは……彼とおれの共通の友人が、事件に巻きこまれたかもしれないと打ち明けられたんです。それがどうも、おれだけでは判断をためらうような話で。だからその件について、先輩の意見を仰げればと思ったんです。といっても――」

　ヴィクターは、ちらと店の入口のほうをうかがった。

「ここでお話しできるような内容ではないんですが」

「なるほど」

　アルフレッドはわずかに思案すると、やがて迷える子羊を力づけるようにうなずいた。

「そういうことなら今夜、我が家でいっしょに夕食をどうだい？　どうせ朝から、ろくに食事もとっていないんだろう？　胃にやさしいアイリッシュ・シチューでも用意しておくよ。話はそのときにするというのは？」

　ヴィクターの瞳に、たちまち明るさがよみがえる。どうやら彼の顔色が冴えなかったのは、別件で気がかりなことがあるせいでもあったようだ。

「いいんですか？　しかも夕食まで」

「もちろん、喜んでご馳走するよ」

　極上の笑顔でアルフレッドは続けた。

「知っているかい？　トルコには〝一杯のコーヒーにも四十年の想い出〟ということわざがあるんだよ。つまり一皿のアイリッシュ・シチューには百年の恩が生まれるのだから、忘れたらひどい目に遭うということさ」

「違うと思いますよ」

2

アイリッシュ・シチューは、アイルランドの伝統的な家庭料理である。

マトンの首肉、じゃがいも、たまねぎ、にんじん、ターニップなどをことことと弱火にかけて塩胡椒とハーブで味をととのえるだけの素朴な一品なのだが、マトンのこくと野菜の甘みの溶けあったやさしい味は、くりかえし食べてもまったく飽きがこない。

サラにとっては幼いころから食べ慣れた味というわけでもないのに、懐かしさを感じるのをいつもふしぎに思う。

「本当に、マトンと野菜を鍋で煮込んだだけなんですか？　それでこんなにおいしくなるなんて、信じがたいですよ」

とろとろのシチューを勢いよくたいらげながら、ヴィクターがうなる。

いつもの夕食は、ヴィクターが加わっただけで急ににぎやかになった。

こうしていると、いかにもみんなで食卓を囲んでいるという感じがする。

なんだか家族みたい。ふとそんなことを思いついて、サラはそわそわとする。

兄とふたりきりの食事をさみしいと感じたことは一度もなかったけれど、こんなふうに和気あいあいとした食事をした経験が、サラにはほとんどなかったのだ。

「にんじんにこんな旨みがあったなんて……学寮の食事でだされていたのと同じ野菜とはとても思えないな」

「大袈裟《おおげさ》だな。今夜はたまたま空腹だから、そんなふうに感じるだけだろう」

「いや。空腹の程度でいうなら、寄宿学校時代のほうがよほど腹を空かせていましたよ。それでもだされる料理の味は最悪でした。かといって残せば飢え死にするだけですから、しかたなく腹につめこんでいたんです。もっとも、そうしたところで腹がふくれるほどの量もなかったですが」

寄宿学校の食事の内容が量も質もひどいものだとは、サラも聞いたことがある。良家の子息の集う名門校で、しかも育ちざかりだというのにそんな食事を与えて問題にならないのかと奇妙に感じたのだが、もはや伝統のようになっているらしい。質素な食事と厳しい規則によって、甘やかされた肉体と精神を鍛えあげるという教育方針なのだ。

アルフレッドが苦笑する。

「五年間の寄宿学校生活に耐えられたら、世界中のどこでも生きていけるといわれているくらいだからね」

「そうそう。軍隊より過酷で監獄よりはいくらかまし——という暮らしですからね。腹が減りすぎて目が冴えて、夜中に延々と食べもののことを考えているほうが、よほど勉学と人格形成にさしつかえがあると思いますよ」

「たしかにね。空腹で寝つけなかった夜の情けない気分は、ぼくも忘れられないな。消灯の規則があるから、本を読んで気をまぎらわせることもできなかったし」

「兄さまも、そんな経験をしたことがあったの？」

「さすがに空腹は、精神力でごまかしきれるものではないからね。学寮生活であのみじめさを味わったことのない生徒は、ひとりもいないと思うよ」

　ヴィクターも深々とうなずく。

「実際、当時の連中が集まると、たいていはその話題になりますからね。学寮のスープは肉片と野菜くずの浮いた水だったとか、週末の外出時間に買いに走ったミートパイ以上にうまい食べものはこの世にないとか。昨日だって――」

　ヴィクターの声がふつりととだえる。続ける言葉を見つけられないまま、彼は苦しげに顔をうつむける。

　アルフレッドは、そっとスプーンを置いた。

「食事もあらかたかたづいたことだし、そろそろきみの話を聞こうか」

「コーヒーはわたしが淹《い》れてくるわね」

　サラはみずから立ちあがり、ガスレンジに向かった。やかんを火にかけ、ドリップ式のコーヒーポットを準備する。

　できるだけ音をたてないように動きながら背中で気配をうかがっていると、やがて心を決めたようにヴィクターが語りだした。

「昨日の夜、相談したいことがあるからという用件の電報でおれをロンドンに呼びだしたのは、ティム・コリンズという友人でした。おれがオックスフォードに入学してから知りあった男なので、先輩はご存じないと思いますが」

コリンズは名のある家の生まれではない貧乏学生だが、ヴィクターはかまわず友だちとしてつきあっているという。

「そのコリンズとおれの共通の友人というのが、ライオネル・ラドフォードです」

「ああ、彼のことならよく憶えているよ。きみの同級だった、ラドフォード男爵家の三男だろう？　大柄で、髪と瞳がはしばみ色の」

「ええ、そのとおりです。あれからいっそうでかくなって、フットボールの対抗試合ではいつも活躍していました」

「そう。きっと人望もあったのだろうね。貴族にありがちなひねたところのない、信頼のおける少年だと思っていたよ」

わずかな沈黙のあと、ヴィクターはつぶやいた。

「先輩からそんなふうに評価されていたと知ったら、あいつもきっと喜んだだろうな」

サラは手の動きをとめた。ヴィクターの口調に違和感をおぼえたのだ。

同じことを、アルフレッドもまた察したようだ。

「ヴィクター。まさかラドフォードは……」

「死にました。つい先週のことだそうです」

サラは息を呑んだ。ヴィクターの様子から、相談の内容が深刻であろうことは予想していたが、まさか件《くだん》の友人がすでに亡くなっていたとは。

アルフレッドが、慎重に問いかえす。

「きみをロンドンに呼びだした友人――コリンズは、ラドフォードが事件に巻きこまれたかもしれないと伝えたのだったね？　ラドフォードは、いったいどのような亡くなりかたをしたというんだい？」

一瞬ためらってから、ヴィクターは告げた。

「病死です。といっても医者にかかっていたわけではなく、心臓が突然とまって死んだということです。ロンドンの下宿部屋で、椅子に座ったまま息絶えているのを、コリンズが発見したそうです」

サラはびくりと肩をふるわせる。

その病死が、事件かもしれない。

ということは、つまり――。

「病死にみせかけた他殺だったのではないかと疑っているのかい？」

そうたずねるアルフレッドの声が、はるか遠くから届いているようだった。

火にかけたままのやかんが騒ぎだしているのに、手をのばすことができない。

自分なりに折りあいをつけていたはずの事件の記憶が、雪崩《なだれ》のように押しよせて意識が溺れそうになる。

サラはなんとか火を消すと、手許の作業に集中した。

動揺を露《あらわ》にしては、兄たちに気を遣わせてしまう。

サラがふたたび席につくのを待って、ヴィクターは語りだした。

「明白な証拠がある——というわけではないんです。もちろんそれなら、殺人事件として捜査されるはずですから。つまり検死をした医師によれば、ラドフォードの胃袋は空で、毒物のようなものを摂取した痕跡もまったくなかったそうです。とはいえ外傷があるわけでもなく、内臓にめだつ損傷や疾患が発見されたわけでもない。健康な心臓が、唐突に動くのをやめたとしか思えない死にざまだったというんです。それこそ魔術でもかけられたかのように」

「魔術……」

先日アルフレッドが解き明かしたばかりの謎が、サラの脳裡《のうり》をよぎる。深夜の図書館で魔術にのめりこんでいるかのように思われた少年には、まったく別の目的があった。

「ただラドフォードは、死の数日前から頭痛を訴えていたというんです」

「頭痛？　胸の痛みなどではなく？」

「ええ。そのためか彼が痛みどめの阿片《あへん》チンキを服用していたことは、検死でも明らかになったそうです。といってもそれは決して心臓がとまったりするような量ではなく、中毒死の症状はまるでみられなかったんですが」

「なるほど」

「でもコリンズは、ラドフォードの頭痛は嘘《うそ》なのではないかと疑っていたんだそうです。たしかに体調は悪そうだったけれど、医者を呼んだらどうかとすすめても寝ていればそのうち治るからとかなんとか理由をつけて寝室にこもりがちになっていたので、病気というよりは心配ごとでもあるように感じたといいます。あ、言い忘れましたが、ふたりはこの夏季休暇に入ってから、ロンドンの同じ下宿で暮らしているんです」

アルフレッドがけげんそうに首をかしげる。

「ラドフォード家なら、メイフェアにタウンハウスを持っているだろう？　それなのに彼は、わざわざ下宿生活を送っていたのかい？」

「ええ。この夏は家族以外にも、叔父一家や来客も逗留してかなり手狭になるので、遠慮したんだそうです。どちらかというと人見知りな性格でしたから、社交につきあわされるのを避けたい思いもあったようで。だからコリンズを誘って、ベイカー街に共同で下宿を借りることにしたんです」

おなじみの街の名を耳にして、サラは顔をあげた。

「ホームズとワトスンのようにですか？」

まさにそれなんだ、とヴィクターは身を乗りだした。

「コリンズは昔からホームズものを愛読していて、いつかあんな生活をしてみたいとよく語っていたんだよ。ラドフォードもそれを知っていたから、コリンズに声をかけたのさ。コリンズには、ベイカー街の下宿をひとりで借りられるだけの財力はないからね。コリンズは二つ返事で誘いに飛びついたらしいよ」

コリンズにとって、それはさぞ楽しい生活だったことだろう。

大好きな物語の世界を、現実に再現してみたいという夢が叶ったのだ。

休暇になってからのコリンズは、学費を稼ぐためにシティの出版社で短期雇いの仕事をしていて忙しいので、ラドフォードがロンドンに滞在中の従兄弟といっしょにベイカー街をまわって、ちょうどいい空き部屋を探したのだという。

「下宿を決めたのは、ひとつの居間の奥にそれぞれの寝室がある最上階の部屋で、ふたりの共同生活はなかなかうまくいっていたそうなんだけれど」

ラドフォードはいつもコリンズの帰宅を待っており、ふたりそろって夕食をとっていたそうだ。それがある晩、仕事を終えたコリンズが下宿に帰ると、めずらしくラドフォードが留守にしていた。特に伝言はなかったが、実家のほうに顔をだしているのかもしれないと、コリンズはさほど気にせず先に休んだという。

ラドフォードが頭痛を訴えたのは、その翌朝のことである。どうやら夜更けに帰宅したらしいが、外出先で久しぶりに再会した友人と飲んでいたと告げただけで、詳しい事情については言葉を濁したままだった。

その数日後——いまからちょうど一週間前に、ラドフォードは他界した。

元気だったはずの息子の突然死に、家族も動揺しており、新聞にはまだ死亡告知の私事広告を載せていないという。

息子の死を公《おおやけ》にしない遺族の心境は、サラにも理解できる気がした。

悪い夢のような出来事が活字にされれば、それは逃れられない現実となってしまう。

サラはそっとたずねた。

「ラドフォードさんも、シャーロック・ホームズがお好きだったんですか？」

「いや。じつは彼のほうは、寄宿学校のころからずっと読むのを避けていたくらいなんだよ。人が殺される小説は苦手だからという理由でね」

「そう……ですか」

サラは目が醒《さ》めた心地になる。

これまでに数えきれないほどの本を読んできたサラは、物語は物語として受け容れる術《すべ》が身についている。だが架空の出来事とはいえ、殺人事件を推理ゲームとして楽しむ感覚になじめない人もいるのかもしれない。

「そのラドフォードも、このところはコリンズの影響で、ホームズものに挑戦していたというんだ。ホームズものには人の死なない短篇もたくさんあるから、まずはそういう作品からね。そうしたら意外に楽しめることがわかって、彼はコリンズから『四つの署名』を借りて読んでいたところだったそうなんだ」

『四つの署名』は、ホームズものの二作めにあたる長篇だ。作中で人は死ぬが、ワトスンのロマンスも盛りこまれており、冒険活劇のように楽しめる作品である。

「問題はその本にあるんだ」

真剣なまなざしで、ヴィクターは説明する。

「ラドフォードが死んだので、コリンズは貸していた『四つの署名』を自室に持ち帰ったそうなんだけれど、その本にはまさにこれから犯人の自白が始まるという章に栞《しおり》代わりのトランプが挟んであったというんだ」

サラは何度か読んだ『四つの署名』の構成を思いかえす。

「ドクター・ワトスンが、ミス・モースタンに愛の告白をした直後ですね？」

プロポーズの結果、ワトスンの恋は成就する。そこから先は、事件のきっかけとなった過去の因縁を犯人が語る、いわば真の解決編にあたる部分である。

「そう。いかにも〝犯人〟を思わせるようなページに、トランプが挟んであった。そこになにか重要な意図があるのではないかと、コリンズは疑っているんだ」

おもむろに、アルフレッドがたずねる。

「トランプはどの札だったんだい？」

「クラブのエースです」

アルフレッドが口許に手をあてる。

「……そうか。スペードのエースなら、死を暗示するメッセージと考えることもできると思ったんだけれど」

スペードのエースは、トランプでは最強のカードとされることが多い。

その一方で、伝統的に〝死のカード〟としても扱われてきたのだ。

「ラドフォードが、なんらかのメッセージを残そうとしたのだと思いますか？」

「どうだろうね。とっさの栞として手近なトランプを使うこと自体は、さほど不自然とも思えないから。そのトランプは、普段から彼が使っているものだったのかい？」

「どうやら違ったようです。コリンズは自殺の可能性も考えて、遺書のようなものが残されていないかラドフォードの部屋を調べてみたそうなんですが、クラブのエース以外の札は一枚も見当たらなかったというので」

「遺書のほうは？」

ヴィクターは首を横にふる。

「ただコリンズがラドフォードの遺体を発見したとき、彼の部屋にはどこかの店で買ってきたらしいタルトが残されていたそうなんです」

「タルト?」

「それも袋にいくつもだそうです。おれもそれは妙だと思いました。寄宿学校時代は、例のごとく食べものの話ばかりしていたので、友人の好みも自然と知りつくしているんですが、ラドフォードは昔から甘いものが苦手なんですよ。よほど空腹でも……いや、だとしたらよけいに、甘い焼き菓子ばかり買いこむなんて考えられません」

たしかにそうかもしれない。ロンドンの路上にはさまざまな屋台が並び、ちょっとした小銭さえあれば小腹を満たすものに困ることはないのだ。わざわざ苦手なものをたくさん買うのは奇妙である。

ふと思いついて、サラはたずねた。

「同室のコリンズさんに、お土産を買ってきたという可能性はありませんか?」

「もしそのつもりだったら、袋ごと居間のテーブルにでも置いておいたんじゃないかな。自分の寝室にたどりつくには、まず居間を通り抜けることになるから」

「あ……そうですね」

つまり、とアルフレッドが確認する。

「コリンズが出勤してから帰宅するまでのあいだ、ふたりの下宿部屋をおとずれた人物がいた可能性があるわけだね?」

「はい。ちなみに同じ下宿人たちとのつきあいはあまりなく、彼らのなかにラドフォードを訪問した者はいなかったそうです。もちろん当人が嘘をついていることも考えられますが……。ただ来訪者がいたとして、ラドフォードを殺して消えた犯人かもしれないと考えるには不都合なことがあるんです」

「ふたりの部屋の扉には、鍵がかかっていたとでもいうのかい？」

ヴィクターは目をみはり、うなずいた。

「まさにそのとおりです。それぞれの寝室に鍵はついていないんですが、居間から下宿の廊下にでる扉には鍵がしっかりかけられていたそうです。そしてラドフォードの鍵は、彼自身の寝室にあった。つまり彼が死んでいたのは——」

「大きな密室だったということだね」

明らかな密室。

その部屋で、ひとりの青年が死んでいた。

身体に傷はなく、毒を盛られた様子もない。

不幸な突然死だったとみなすのが、常識的な判断だろう。

けれど、サラは得体の知れない不安を感じる。妙な既視感がちらついて、胸のざわめきが増してゆくのは、両親の事件にとらわれているせいだろうか。

荒唐《こうとう》無稽《むけい》だと思いつつ、サラは口にしてみた。

「お部屋のどこかに、秘密の扉が隠されていたりはしないのですよね？」

「きみたちの屋敷のように、歴史ある城ではないからね」

でも気持ちはわかるよ、というようにヴィクターは淡く笑った。

「外とつながっている道といえば窓と暖炉だけれど、どの部屋の窓にも掛け金はかかっていたし、居間の暖炉には春からの埃《ほこり》がつもっていたらしい」

するとアルフレッドが、口許をゆるませた。

「だとしたら、たとえ猿の仲間でも侵入するのは難しいかな」

「兄さま！　それは言ってはいけないことだわ」

サラは驚き、あわててたしなめる。アルフレッドの発言は、ある小説の核心をかすめるものだったのだ。

「平気だよ。ヴィクターも、あの小説はちゃんと読了しているからね。そうだろう？」

「世界一有名な、例の探偵小説ですね」

ヴィクターは口の端をひきあげた。

「そういえば読んだきっかけは、先輩にすすめられたからでした。懐かしいな」

「あの小説では、暖炉に被害者の遺体が押しこまれていたのだったね」

「そうそう。しかも当初は密室殺人としか思えない状況で」

「いっそのこと、あれくらい派手な痕跡があればわかりやすいのだけれど。ラドフォード

いました」

「たしかラドフォードの座っていた肘《ひじ》かけ椅子が、いつもの位置からずれていたと言って
の遺体を確認したとき、その部屋に変わったところはなかったのかい？」

「どのように？」

「普段なら壁際にあるところが、やや部屋の中央に近づいていたそうです。それから彼の足許には水浸しの水差しが転がっていて、絨毯《じゅうたん》もぐっしょり濡れていたとも」

　彼のかたわらにはサイドテーブルがあり、そこには空のガラスのコップと阿片チンキの小瓶、そしてタルトの紙袋も置かれていたという。

　重い水差しを持ちあげてカップに水を注ごうとしたとき、突然の心臓発作に見舞われた……と考えることもできるだろうか。

「それともうひとつ。ラドフォードの部屋の窓は、雨戸もカーテンも閉めきられていたといいます。彼の頭痛が本当のことだったら、さほど不可解でもないのですが」

「雨戸もカーテンもか……。彼は寝間着のままだった、というわけではないんだね？」

「はい。いつもどおりの部屋着を身につけていたそうです。ちなみに彼の死亡推定時刻はおおよそ昼以降で、朝食のトレイをさげにきた下宿の女主人とも午前十時ごろに顔をあわせているので、その時間に生きていたのは確実です。食事は朝晩なので、それ以降の彼がどこでなにをしていたかはわかりませんが」

体調のせいか、朝食はほぼ手つかずだったという。

「部屋の入口の鍵は、いつもどうしているんだい？」

「ふたりのどちらかが在宅しているときは、開けたままのことが多かったそうです。でも頭痛を訴えだしてからのラドフォードは、鍵を閉めるようになったとのことですが」

「そして彼の遺体が発見されたときも、鍵はかかっていたと」

「ええ。声をかけても返事がないので、コリンズはいつも持ち歩いている自分の鍵で扉を開けたそうです」

「……なるほどね」

アルフレッドは、難しい顔で沈黙する。

サラは息をひそめ、考えこむ兄を見守った。

だがしばらくして、アルフレッドは申し訳なさそうに首を横にふった。

「すまないけれど、きみの話を聞いただけでは結論はだせそうにないな。彼が部屋を暗くしていたのはきみの考えたとおり頭痛を和《やわ》らげるためかもしれないし、タルトの件も単純に来客の手土産だったと考えることはできるだろうし」

「……そうですね。クリームタルトに彼がまったく口をつけていなかったのも、貰いものが好みではなかっただけかもしれません」

「え……クリームタルト？」

サラはとっさに訊きかえしていた。

「うん。念のため、コリンズは近所で捕まえた猫にクリームタルトのひとつを与えてみたそうなんだけれど、急に苦しみだしたりすることもなかったらしいよ。タルトの特徴から店をつきとめることはできるかもしれないけれど――」

サラの手許のカップが、かちゃりと音をたてる。

クリームタルト。

クラブのエース。

あの小説とまったく同じだ。

既視感の正体が、ようやくつかめた。

「兄さま」

サラはぎこちなく、兄のほうに顔を向ける。

視線がかみあい、アルフレッドがうなずく。

「うん。気になる一致ではあるね」

「ふたりとも、急にどうしたんです？」

ヴィクターが不安そうに、サラたちをうかがう。

「きみもコリンズも気がついていないようだけれど、いまきみの語った手がかりは、ある小説の重要なモチーフと符合するんだよ。サラ、あの本はいま店にあるかな？」

「あ……ええ。このあいだ棚に戻してから、貸出の手続きはしていないはずだから」

「それならぼくが持ってこよう。ついでにトランプもね。詳しい説明は、おまえに任せてもかまわないかい？」

「わかったわ、兄さま」

アルフレッドが腰をあげて、店のほうに向かってゆく。

「いったいどういうことなんだい？」

困惑するヴィクターに、サラはたずねる。

「『新アラビア夜話』という小説を、ヴィクターさまは読まれたことがありますか？」

「……いや。ないはずだけれど」

「でしたら『宝島』や『ジキル博士とハイド氏』はご存じですか？」

「ああ、それだったらどちらも読んでいるよ。作者はスティーヴンスンだろう？」

「ええ。『新アラビア夜話』も、そのスティーヴンスンの作品なんです」

海洋冒険小説の『宝島』を一八八三年に出版し、一躍有名になったロバート・ルイス・スティーヴンスンが、その直前に雑誌連載していた大人向けの小説が『新アラビア夜話』である。知名度では『宝島』に劣るようだが、魅力の点では決してひけをとらないとサラは思っていた。

「『新アラビア夜話』とは新しい『千夜一夜物語』――つまり当世風のアラビアン・ナイ

トといった意味です。子どものころから『千夜一夜物語』を愛読していたスティーヴンスンは、その趣向を踏襲《とうしゅう》して、ロンドンを舞台にした連作の短篇をひとつの作品としてまとめあげたんです」

「舞台はロンドンなの？　アラビアン・ナイトなのに？」

「はい。スティーヴンスンが試みたのは、現代世界を舞台にしたアラビアン・ナイト的な物語を創造することでした。ですから本家のアラビアン・ナイトには黄金の都バグダッドがよく登場しますけれど、かつて栄華をきわめたバグダッドに代わる、現代の都市といえば——」

「魔都ロンドンこそがふさわしい——というわけか」

ヴィクターの瞳が、きらりと光をはねかえす。

「なるほどね。なんだかおもしろそうだな」

「実際、とてもおもしろいんです。たった二冊——十一話の短篇のみで終わってしまったのが残念で、もっと連載を続けてくれていたらよかったのにと思うくらいに」

記憶をたどりながら、サラはおおまかな内容を紹介する。

「本家の『千夜一夜物語』には、カリフのハールーン・アル・ラシードと腹心の側近マスルールがお忍びでバグダッドの都にくりだす——という設定のエピソードがいくつもあるのですけれど、その配役をスティーヴンスンは自分の作品に活かしているんです」

「似たような二人組が主役になっているのかい?」

「ええ。こちらの主人公はボヘミアのフロリゼル王子と、その部下で親友でもあるジェラルディーン大佐です。彼らが素性を隠して、現代のロンドンで活躍する冒険譚《たん》——というのが、この連作の趣旨なんです」

「ボヘミア王子か。そういえば、シャーロック・ホームズものの最初の短篇も、ボヘミア王子の恋愛スキャンダルにまつわる事件だったたな」

「『ボヘミアの醜聞』だね」

すかさず答えたのは、戻ってきたアルフレッドである。そしていましがた店の書架から抜いてきたらしい『新アラビア夜話』を、ヴィクターにさしだした。背表紙に金で刻印された『New Arabian Nights』の文字を、ヴィクターが興味深そうにみつめる。

席につきながら、アルフレッドが言う。

「おそらくスティーヴンスンは、フロリゼル王子のモデルに我が英国のアルバート・エドワード皇太子を想定していたんだと思う。けれどさすがに、殿下をそのまま登場させるわけにはいかない。かといってドイツやロシアの皇太子というのも、現実の国際関係がちらついて物語を楽しむ邪魔になる。その点、ボヘミア王子なら適度に想像をはばたかせる余地があって、都合がいいというわけさ」

「なるほど。それでホームズものでも、ボヘミア王子が題材にされたわけですか」

「醜聞をもみ消すのに必死の王子——というありがたくない扱いだったけれどね」

「たしかに、実話が元になっているとでも思われたら、ご本人が気の毒だ」

ヴィクターは苦笑いする。そしてまじめな瞳をサラに向けた。

「それで、この小説とラドフォードの件は、どう関係しているのかな？」

サラはうなずくと、順を追って語りだした。

「冒頭のお話は『クリームタルトを持った若者の話』というのですが……」

とある三月の夜。

お忍びでロンドンの街にくりだしたフロリゼル王子とジェラルディーン大佐は、庶民の集う居酒屋で、奇妙な青年にでくわす。青年はどういうわけか、持参した大量のクリームタルトを、初対面の客たちにすすめてまわっていたのだ。

おかしな行動に興味をもった王子は、青年を夕食に誘い、事情をたずねる。

「すると青年は、王子に語りました。馬鹿げた人生のおしまいに、最高に馬鹿げたことをしてみたかったんです、と」

ヴィクターが眉をひそめる。

「人生のおしまい？　それって、つまり——」

「ええ。青年は自分の人生に絶望して、この世を去ることを望んでいました。死ぬ決心をした彼は、残ったお金を使い果たして《自殺クラブ》に向かうところだったんです」

「《自殺クラブ》だって？」

「自殺願望者の集う、秘密クラブのようなものです」

この世に別れを告げたい。けれど自分でそうするだけの勇気はない。あるいは社会的な地位があるために、不名誉な自殺をすれば家族にも迷惑がかかってしまう。そんな人物のために、このクラブは発足したのだという。

「クラブはもちろん秘密厳守です。入会金は四〇ポンドで、会員の紹介がなければ入会はできません」

「四〇ポンドか。かなりの大金だな」

「ですからあくまで紳士のための、遊戯的なクラブの一種なんです。だからこそ、彼らの活動の異様さがいっそう際だっているというか」

アルフレッドが、手にしたトランプの札をかかげてみせる。

「ここで実際にやってみせるよ。そのほうが理解が早いだろうからね」

二階の居間から持ってきた一組のトランプを、彼は優雅な手さばきで切ってゆく。

「《自殺クラブ》のすべてをとりしきっているのは、正体不明の会長だ。ここでは便宜的にぼくがその役を務めよう。会長はカードを配るだけでゲームには参加しないのだけれど、いまは人数が少ないからぼくも会員のひとりを兼ねることにするね」

そうして切り終えたカードを一枚ずつ、伏せたまま配る。

「これはいったい、なんのゲームです？」

「《死を与えられる者》と《死を与える者》を決めるためのゲームだよ。自殺クラブの会員たちは、こうしておたがいの自殺を手助けするんだ」

ヴィクターの顔色が変わる。

「……比喩的な意味ではなく？」

「もちろん。まさに命を賭けた真剣勝負さ。ルールはいたって単純だよ。スペードのエースをひいたら《犠牲者》になる。クラブのエースをひいたら《執行人》になる。《犠牲者》は幸運にも、完璧な事故死の機会を与えられるわけだ」

「それが幸運、なんですか？」

「もともと死を望んでクラブに入会したのだからね。他人を殺す罪を犯すことなく自分が死ねるのなら、むしろ幸運だろう？　さあ始めよう。カードをめくって」

三人はそれぞれ、無言でカードを裏がえす。

アルフレッドはハートの三。ヴィクターはクラブのクイーン。サラはダイヤの七。

「では次の一周に移ろう」

ふたたび、アルフレッドがカードを配る。三人が同時に手をのばす。

めくられたカードに、今度もクラブとスペードのエースはなかった。

その次も。そのまた次も。

五周めでついに、スペードのエースがまわった。アルフレッドの札だ。

「これでぼくは《犠牲者》になった。つまりぼくを殺す死の大祭司は、きみたちふたりのどちらかということだね」

サラとヴィクターは、おもわず視線をかわした。ただの遊びだとわかっていても、妙に胸の底が冷えるような、おちつかない心地になる。

アルフレッドが、ふたりに一枚ずつカードをさしだす。

いつのまにか、誰も、ひとことも言葉を発さなくなっていた。

ふたりはカードをめくる。クラブのエースではない。

アルフレッドが手を動かす。ふたりの視線が追う。

かすかな衣擦《きぬず》れの音。指先ににじむ汗。

真紅と漆黒の標《しるし》が浮かびあがっては流れて、折り重なった残像がめまいを誘う。

そして、くりかえされるやりとりが永遠のように感じられたとき——。

ヴィクターは、手にしたカードをはらりと投げだした。

「おれです」

アルフレッドが口の端をあげる。

「おめでとう、ヴィクター。これで正々堂々と、積年の恨みを晴らせるね」

冗談めかしたその口調のおかげで、見えない糸でいましめられたような空気がするりとほどける。

「そういう自覚があるなら、恨まれるような言動は慎んでくださいよ」

ヴィクターが負けずにやりかえすのを耳にしながら、サラはひそかに息を吐く。

そうしてみてようやく、彼女は自分の身体がどれだけこわばっていたかを知る。

「ともかく、これで《自殺クラブ》の趣旨は体得できただろう？」

カードを回収しながら、アルフレッドが語る。

「このクラブは、会員がおたがいの自殺に手を貸す相互扶助の組織であると同時に、最高のスリルが味わえる陶酔の館でもあるんだ」

陶酔の館。それは小説に登場したクラブの会員が、実際に口にした言葉だった。

人間のもっとも強い感情は恐怖であり、生の喜びを強烈に味わうためには、恐怖をこそもてあそぶべきだと、その会員はうそぶく。つまり彼は死を望んでいるのではなく、極上のスリルを体験するために、命を賭《と》した遊戯に参加しているのだ。

「スティーヴンスンの小説では、悪辣《あくらつ》な会長をフロリゼル王子が追いつめる展開になっているけれど、日常に倦《う》んだ読み手がこの悪魔的なゲームに魅力を感じて模倣したくなったとしてもふしぎはないとぼくは思うよ」

「小説のような《自殺クラブ》が、実在するかもしれないというんですか？」

「それなりの財産や人脈のある人物なら、やってできないことはないだろうからね。小説のようにうまくクラブを運営するには、かなりの頭脳とカリスマ性のようなものも必要になるはずだけれど」

「ですが、退屈をまぎらわせるために、命を賭けた殺人ゲームをするなんて」

「もちろん想像にすぎないよ。でもそういうたぐいの刺激を好みそうな顔見知りに、ぼくはいくらかの心当たりがある。きみだって、同じようなものじゃないかい？」

「それは……たしかに」

ヴィクターはつぶやき、口をつぐむ。そしてコーヒーカップに目を落とした。あたかもそこに、危うい刺激を求める知りあいの姿が映りこんでいるとでもいうように。

ややしてから、ヴィクターは弾かれたように顔をあげた。

「まさかラドフォードは、その殺人ゲームの犠牲になったんですか？」

アルフレッドはひとことずつ、ゆっくりと言葉を並べた。

「クリームタルト。クラブのエース。これだけの共通点で『新アラビア夜話』との関連を決めつけるのは、さすがに早計かもしれない。けれど健康体だったはずのラドフォードの突然死と、その直前に深刻そうな悩みごとがあった様子からして、可能性は捨てきれないと思う。なにより《自殺クラブ》が会員に与えるのは、自殺にも他殺にも見えない死なのだからね」

ある会員は、薬屋で誤って毒を飲んで死んだ。

ある会員は、トラファルガー広場の欄干から転落して死んだ。

どんな殺しかたをするか、考えるのは会長だ。ある会員は、この大胆な殺人遊戯を主催する会長を、人の役にたつ芸術的な仕事をしてきた男だと讃《たた》えすらするのだ。

「ラドフォードの不可解な死も、死をもてあそぶことを楽しむような人間の、創意工夫の結果なのかもしれない。クリームタルトを部屋に残したのは、そんな人間がちょっとした稚気《ちき》を発揮したのだと考えれば、むしろ腑に落ちる気もするよ」

「そんな遊び心なんて……笑えませんよ」

ヴィクターは顔をしかめた。困り果てたように、首を横にふる。

「そもそも、ラドフォードがそんな遊びに参加するとは、おれにはとても信じられないんです。だって人が死ぬのが嫌だからという理由で、探偵小説すら読みたがらなかったような奴なんですよ？」

「きみの主張はもっともだと思うよ。ただスティーヴンスンの創作した《自殺クラブ》では、新しい会員がクラブの真のルールを知ったときにはすでに抜けられない誓約を結んでしまっているんだ」

「それなら……友人に誘われるかなにかして、気軽に参加したのがきっかけかもしれないと？」

「熱心に誘われたら断りにくいような知人とのしがらみなら、たいていの人間にあるものではないかな。特にラドフォードは、義理堅そうな性格に見受けられたからね」

「ですが、それでは明らかにただの殺人行為です。最初から納得ずくで参加したというのなら、まだ本人の責任だといえなくもないですが」

信じがたいというように、ヴィクターは額を押さえる。

そしてはたと、我にかえった。

「ちょっと待ってください。ラドフォードが本に挟みこんでいたトランプの札は、クラブのエースでした。小説を模倣するなら、彼は《犠牲者》ではなくて《執行者》になるはずです。それなのにどうして、彼のほうが……」

「制裁――だったのかもしれない。人が死ぬ小説を読むことすら厭《いと》っていたラドフォードが、自分の手で人を殺すことができるとは考えにくいからね」

「それならラドフォードは、殺人の義務をまっとうしなかったことで、自分が死ぬことになったというんですか？」

「怖気《おじけ》づいてみずからの役目を放棄する会員を許していたら、ゲームそのものが成りたたなくなるだろう？　ルールを守らない者には死を与えるというのが、彼らの誓約なのかもしれない」

自分が死にたくなければ、偶然カードが決めた相手を殺すしかないとしたら。

それは《死を与えられる者》になるよりも、よほど恐ろしいことではないだろうか。

つい先ほどの戯《たわむ》れのゲームでも、サラは兄に《死を与える者》になるカードをひきたくないと願わずにいられなかった。

もしも究極の刺激的な体験としての殺人遊戯がこの現実で独り歩きして、最初から死を望んでいたわけでもない人間が犠牲になっているのなら。

サラはすがるように、アルフレッドに瞳を向けた。

「兄さま。わたしたちになにかできることはないかしら」

時間のとまったような沈黙が広がってゆく。

カップの底のコーヒーは、とっくに湯気をたてるのをやめていた。

かたく口を結んでいたアルフレッドは、やがて静かに息を吸いこんだ。

「とにもかくにも……まずはラドフォードの死の状況を詳しく知らないことには、判断のしようがないな。ぼくたちの考えた『新アラビア夜話』との関連は、すべて妄想かもしれないのだからね」

しごく冷静に結論づけて、ヴィクターにたずねる。

「きみは彼らの下宿部屋を、自分の目で確かめたわけではないんだね？」

「はい。おれがコリンズと会ったのは、彼の仕事場の近くのパブでした。ラドフォードが死んでからは下宿でくつろぐことができなくなったそうで、なるべく外で時間をつぶしていると言っていました」

「当然だろうね。でもすぐに引き払うつもりもないのかい？」

「ええ。先日ラドフォードの従兄弟が遺族の意向を伝えにやってきて、おちついたら私物を引き取るつもりだから、部屋はしばらくそのままにしておいてほしいと頼まれたというので」

夏季休暇が終わるまでの家賃も先払いするというありがたい条件だったので、コリンズに断る理由はなかったのだという。

「例のトランプのことを、コリンズは遺族にも話したのだろうか」

「いえ。打ち明けた相手はおれだけだそうです。ラドフォードが自然死でないとすると、まっさきに自分が怪しまれるだろうからと、不安そうにしていました」

気の毒そうに、ヴィクターは眉をひそめる。

「実際コリンズは、ラドフォードの従兄弟からどことなく不審げなまなざしを向けられたみたいです。つい最近まで元気だったはずの身内が急に死んだわけですから、同じ部屋で暮らしていた相手を責めたくなる気持ちもわからなくはないんですが」

「でもきみは、コリンズが無実だと信じているんだね？」

「それは――もちろんです。ホームズに夢中のあいつが、冗談でもワトスンと呼んでいたような友人を手にかけたりするはずがありません。わざわざおれに相談したのも、犯人の行動だとしたらまるで理屈が通りませんし、それにラドフォードの死んだ午後、コリンズがずっと職場にいたことは証明できるそうですから――」

「うん、すまなかったね。念のために訊いてみただけだよ。ベイカー街の下宿部屋は、彼にとって聖地のようなものだろうしね」

その夢の城が、友人の死に場所にもなってしまったのだ。コリンズには、忘れたくとも忘れられない苦い記憶になることだろう。

「ラドフォードの部屋が彼の亡くなったときのままなら、いまからでもなにか手がかりを見つけられるかもしれないな」

アルフレッドが洩《も》らすと、ヴィクターは期待をこめて身を乗りだした。

「コリンズに頼めば、きっと喜んで部屋を調べさせてくれると思います。明後日――土曜の午後ならコリンズの仕事も半休らしいので、いろいろ話も聞けるはずですが……先輩がベイカー街まで足を運ぶのは、難しいですよね。やっぱり」

アルフレッドは、すまなそうにうなずく。

「ぼくもそうしたいところだけれど……いまの立場を考えると、白昼堂々ロンドンを動きまわることはできるだけ避けたくてね」

「そう……ですよね」

「申し訳ないけれど」

「いいえ。いいんです」

ヴィクターはあわてて首を横にふった。

「おれこそ、無理な頼みごとをしたせいで先輩たちに迷惑をかけることになっては、自分が許せませんから。こうして長々と相談に乗ってもらえただけでありがたいです」

きっぱりと言いきり、テーブルの『新アラビア夜話』を手にする。

「とりあえず、この本を読むところから始めてみます。そのほうが、事件の真相に近づきやすくなると思いますから。サラ、貸出の手続きをお願いしてもいいかな？」

「あ……はい、もちろん」

サラはとっさに本を受け取ったが、わずかなもどかしさも感じる。自分はこの本の内容をよく知っているのに、なんの力にもなれないなんて。

「わたしではだめかしら？」

気がつけば、サラはそうこぼしていた。ふたりの視線がこちらに集中する。

「あの、だから……兄さまの代わりに、わたしがベイカー街までごいっしょするのはどうかしらと思ったの。わたしの顔を知っている人なんてロンドンには誰もいないし、いたとしても昔とはずいぶん変わっているからきっと気づかれないわ。わたしなら『新アラビア夜話』も読みこんでいるし、兄さまの考えかたにも慣れているから、兄さまが知りたいと思うようなことも見逃さないで伝えられるんじゃないかと思うの」

アルフレッドが、めずらしく言葉につまる。

「もちろん……おまえの記憶力や観察力はぼくも信頼しているよ。でもそれでは、おまえとヴィクターが長時間ふたりきりで行動することになってしまうだろう？」

「だめかしら？」

「あ……そんなことはまったくないと思うよ！」

とっさに声をあげたヴィクターを、アルフレッドが一瞥《いちべつ》で凍らせた。

「悪いけれど、きみは発言を控えていてくれないかな。いまはサラと話をしているんだ」

「……はい」

身をすくめるヴィクター。

アルフレッドはサラに向きなおった。

「いいかい、サラ。たしかにヴィクターは腐ってもこのぼくのファグ・ボーイだし、紳士的なふるまいから逸脱するなんてことは未来永劫ありえないけれど、そもそも未婚の娘が身内でもない男と行動をともにするのは、感心できないな。だいたい、下宿でおまえたちを出迎えたコリンズには、ふたりの関係をどう説明するんだい？」

「兄妹のふりをするのは？」

「ありえないよ」

「それなら従妹は？」

「ぼくを笑わせたいのかい？」

「……いっそのこと婚約者とか」

ヴィクターのつぶやきを、アルフレッドは黙殺する。

サラは考えこんだ。心配性の兄も認めざるをえないような、説得力のある関係性はないだろうか。しばらくして、名案がひらめいた。

「それならファグがいいわ！」

しん、と部屋が静まりかえる。

「……すまない、サラ。一瞬、耳が遠くなって、よく聞こえなかったのだけれど」

「ファグになれば都合がいい、と言ったのよ。わたしがヴィクターさまのファグ・ボーイに成りすますの。ヴィクターさまのファグなら、十六歳くらいにあたるでしょう？　いまのわたしなら、ちょうど小柄な十六歳の男の子として通用するんじゃないかしら」

コリンズはヴィクターが大学で知りあった友人だから、サラが偽のファグ・ボーイだとはわからないだろう。それにサラはすらりとした体型なので、身につける下着などに工夫をこらせば、なんとか性別をごまかすこともできるはずだ。

「ヴィクターさまと仲の良いラドフォードさんには、わたしも寄宿学校でお世話になったことにすれば、わたしの同行にもすんなり納得してもらえると思うのだけれど」

文句のない説明だった。

石のように黙りこくる兄を、サラは息をつめてうかがう。

やがてアルフレッドは、のろのろときりだした。

「仮に男の子のふりをするとして、その髪はどうするつもりだい？」

「まとめて帽子に押しこんでしまえば、きっと長いことはわからないわ」

「男装用の服だって、おまえにぴったりのものを都合よく調達できるものかな。ぼくの服はおまえには大きすぎて、貸してやることはできないよ？」

「それは……」

しぶとい抵抗に、サラはくちごもる。わざわざ男の子の服を買い求めるなんて馬鹿げている、と言われてしまえば反論はできない。

そのとき、ヴィクターが遠慮がちに手をあげた。

「おれの着古しでいいなら、うちの屋敷にありますが。見習いフットマンの外出着として使えるように、昔おれの着ていたものがまとめて送られてきていたはずなので」

「本当ですか？　それならぜひお借りしたいです！」

「もちろんかまわないよ。つまりその……先輩の許しが得られたらだけれど」

ふたりはおずおずと、アルフレッドに目を向ける。

「……なるほど。すでに準備は万端というわけか」

アルフレッドはついに息をつき、椅子の背にもたれかかった。

「わかったよ。明後日の午後は、ふたりいっしょにロンドンにでかけておいで。探偵小説の主役は、二人組で行動するというのが鉄則だからね」

降参したように、アルフレッドは苦笑する。

サラはたちまち声を弾ませた。

「探偵小説だけじゃないわ、兄さま。まさに『新アラビア夜話』でも、フロリゼル王子とジェラルディーン大佐の二人組が《自殺クラブ》の会長を追いつめるために活躍することを忘れないで」

アルフレッドが片眉をあげる。

「ああ、本当だ。それならサラが王子で、ヴィクターが大佐だね」

「わたしが王子なの？　逆じゃないかしら」

サラが首をかしげると、アルフレッドはヴィクターに視線を投げた。

「逆かな？」

「いえ……彼女が王子で正解だと思いますよ」

「よかろう」

アルフレッドは深々とうなずき、芝居がかった口調で命令をくだした。

「では王子の護衛をくれぐれもよろしく頼むよ、ロックハート大佐」

ヴィクターは一瞬、真剣な瞳でアルフレッドをみつめかえす。

そして明るく笑いながら、左胸に手をあてた。

「──承知しました、国王陛下《ユア・マジェスティ》」


その夜。

十二時の鐘が空を渡って、しばらく経ったころ。

サラが寝室から廊下をのぞくと、居間の灯りが洩れていた。

足音をひそめて暗い廊下を歩き、そっと扉の向こうに呼びかける。

「兄さま？　まだ起きている？」

「──サラかい？」

驚いた声がして、すぐにアルフレッドが顔をだした。

「こんな時間に、どうしたんだい？」

雑誌を片手に持った兄は、昼間のままの格好だった。

サラは、ガウンに羽織ったストールをかきあわせる。

「ん……ちょっと眠れなくて」

「お茶でも淹れようか？」

「あ。いいの。気にしないで。そんなつもりじゃなかったの」

アルフレッドはほほえんだ。

ないか？」

「ぼくが飲みたいのさ。ちょうど喉《のど》が渇いていたところだから、おまえもつきあってくれ

サラを室内にうながすと、アルフレッドはてきぱきとアルコールランプでお茶を淹れる準備を始める。

「寝つけなかったのは、ヴィクターの相談ごとが気にかかったからかい？」

「……そうなの。もしもラドフォードさんが病死でないとしたら、いったいどんなふうに亡くなったのかとか、いろいろと考えてしまって」

サラは長椅子の隅に身を沈め、クッションを抱きかかえた。

「ぼくも同じだよ。だから謎に迫る手がかりになりそうな文献をあさっていたんだ」

「どんな本？」

「本というより、おもに雑誌だね。科学雑誌や医学雑誌」

なるほど、長椅子周辺の床にはどこからひっぱりだしてきたのか、見慣れない専門誌が塔のように積まれている。

「ラドフォードさんの死因は、専門家でないと知らないような毒かもしれないと兄さまは思っているの？」

「あくまで可能性を探っているだけだよ。でもなんとなく、そういう毒が使われたというのはそぐわないような気もするんだ」

「そぐわない？」

アルフレッドはうなずき、揺らめくランプの炎に目を落とした。

「こういう考えかたは不謹慎かもしれないけれどね。もしも《自殺クラブ》を模した殺人ゲームが実際に行われているとして、クリームタルトをまるで符牒《ふちょう》のごとく殺人現場に残すことを考えつくような人物が、ただの毒殺で満足するだろうかと思うんだ」

「単純すぎる、かしら」

死のもてあそびかたとしては、ものたりないといえるだろうか。

「そうだね。むしろもっと……そう、たとえば想像を超えるような恐怖を味わわせて心臓をとめたとでもいう真相のほうが、よほど納得できる気がしてしまうんだ」

サラはしばし考えこんだ。

「ポーの小説の登場人物のような目に遭ったら、あまりの恐ろしさに心臓発作を起こしたとしてもおかしくないかもしれないわ」

「『早すぎた埋葬』とかかい？」

「それに『告げ口心臓』も」

「ああ、違いないな」

ふたりは視線をあわせると、小さく笑った。おたがいの頭に、かつて読んだ物語の同じ場面が浮かんでいるとわかるのは、いつだって嬉しいものだ。

「もともと心臓になんらかの病をかかえた人物が相手なら、そうしたやり口もかなり現実味があると思うのだけれどね」

心臓発作で倒れたことのある者を興奮させてはいけない、といった注意ならむしろ日常にありふれた光景といえるだろう。

「でも、ラドフォードさんは健康体だったのよね？」

「そこは医師の見解を信用するしかないからね。いずれにしろ、この件にはなにか尋常でない真相が隠されているような予感がするよ」

アルフレッドは独り言のようにつぶやくと、サラの隣に腰をおろした。

しばらく待ってから、ポットの紅茶を二客のカップにこぽこぽと注ぐ。

おちついたその手つきを目で追いながら、サラは口をきった。

「兄さま」

「なんだい」

「ヴィクターさまの相談ごとに協力するのは、本当は乗り気じゃなかった？」

アルフレッドは困ったように笑んだ。

「そんなことはないよ。ただ得体の知れない状況だけに、厄介なことになる可能性は否めないから、慎重になりたいとは思ったけれどね」

「わたしのわがままに呆れている？」

自分の立場もわきまえないで、でしゃばった真似をしているという自覚はある。

けれどもし、ヴィクターの友人が病死ではないとしたら、彼の命を奪った犯人が野放しのままということになる。サラたちの両親の事件と同じように。

だから、他人事のふりはしたくなかったのだ。今度こそ。

「兄さまが本気で反対なら、わたし――」

「いや。むしろぼくは喜んでいるんだよ、サラ。おまえが自分から望みを口にしてくれたことにね」

サラはかすかに目をみはった。

琥珀色の紅茶が、きらりと灯りを撥《は》ねかえす。

「ぼくはおまえのわがままを聞きたいんだよ。ぼくはいつも、おまえをぼくの都合につきあわせてしまっているからね。ここでの生活だってそうさ」

カップに目を落としたまま、サラはささやいた。

「でも、わたしはいまの暮らしがとても好きよ」

「おまえが幸せでいるのなら、ぼくも幸せだよ」

やさしい声音だった。サラはたまらなく泣きだしたいような気分になる。

「わたしは兄さまのように嘘が上手くないから」

「おや、ずいぶんだね」

愉快そうにアルフレッドが笑う。

サラは湯気をたてるカップに顔をうずめた。

いまの暮らしが好き。それ以上の想いを、サラは伝えることができなかった。

屋敷での毎日より、ずっとずっと楽しい。だからいつまでもこうしていたい。

けれどこの生活は、両親の凄惨《せいさん》な死がもたらした結果にほかならない。

だからいまの幸せを感じるたびに、サラの罪の意識もまた深まる。

屋敷で暮らしていたころのサラは、息をひそめるように毎日を生きていた。

ひょっとしたら事件の前兆に気がつけたかもしれないのに、サラは冷たい現実から目を背けてなにもしなかった。なにもしなかったのだ。

いつか足許の氷が割れることを予期しながら、黙殺を決めこんだように。

「気分はおちついた？」

声をかけられて、サラは我にかえった。

やわらかなまなざしが、すぐそばからこちらをうかがっている。

「難しい顔をしてどうしたんだい？」

サラの頬にこぼれた髪を、アルフレッドの指先がそっと耳にかける。

「……なんでもないわ」

サラはとっさにはぐらかした。

「密室だったというラドフォードさんの部屋に侵入する方法がないかどうか、いろいろと考えていたの。でもくだらないことしか思いつかなかったわ」

「そうなのかい？　参考のために、ぜひ教えてほしいな」

「本当につまらないことなのよ」

　サラはしかたなく、さっき寝室でつらつらと思いめぐらせていたことを口にする。

「下宿部屋の暖炉に春からの埃がつもっていたなら、猿の仲間が煙突から降りてきたわけでもないのだろうと兄さまは言ったでしょう？」

「うん、そうだったね」

「でも、小さなお猿さんになら可能なはずなの。煙突の上から縄を慎重に垂らして、それをするすると伝い降りてくればいいのよ。そうして最後は部屋の床のほうに飛び移れば、暖炉に足跡は残らないでしょう？」

「ああ、なるほど！」

　サラは肩をすくめて、カップに口をつけた。

「ただそれだけのこと。荒唐無稽な仮定の話でしかないから、謎を解決するにはまるで役にたたないわ」

「いや。案外そんなことはないかもしれないよ」

「……え？」

ぽかんとするサラに、アルフレッドは深くうなずいてみせた。

3

晴れあがった初夏の空に、高らかな汽笛が鳴りわたる。

鋭い蒸気の音が、急《せ》きたてるように車体をふるわせて、ゆっくりと窓の向こうの景色が動きだす。

駅舎を抜け、新しいテラスドハウスの群れが流れ去ると、やがて一面に麦畑や牧草地が広がった。ゆるやかに波打つ緑の海を、サラは顔を輝かせてみつめる。

首に臙脂《えんじ》色のアスコットタイを結び、長めのフロックコートをまとった彼女を、ヴィクターもまた興味深そうに見守っている。

広々とした一等客室の座席に、ふたりは向かいあって腰をおろしていた。

「ひょっとして汽車に乗るのは久しぶりなのかい、サラ？」

「この春、エヴァーヴィルに移り住んだとき以来なんです」

「それならロンドンにでるのも？」

「はい。でもそのときは汽車を乗り継いだだけで、街を歩いたのはもうずっと昔のことになりますけれど」

返事をしながらも、サラの視線はガラス窓の外に釘づけになっている。

夢中になるあまり、窓に押しつけられた帽子がずれて、ころころと床に転がった。

「あ……すみません！」

ヴィクターは、拾いあげた黒のボウラーハットをさしだしながら苦笑する。

「きみの男装が想像以上にさまになっていたのには驚いたけれど、帽子が脱げたらさすがに一発で女の子だとわかってしまうだろうね」

気をつけます、とサラはきまじめに口許をひきしめた。苦心してきっちりまとめてきた髪に、慎重に帽子をかぶせなおす。

「いっそのこと、さっぱり切ってしまってもよかったんですけれど」

「『若草物語』のジョーみたいにかい？」

サラはこくりとうなずいた。

「髪なら切り落としてもすぐに伸びますし、もしもこの黒髪が兄の役にたつことがあるのなら、いつ売ってしまってもかまわないと思っていたので」

「だけど先輩は、きみにそんなことは絶対にさせないと思うな」

「ええ。だからわたしは、ジョーがうらやましくもあるんです」

「うらやましい？　どうして？」

無邪気に、ヴィクターが問いかえす。

「ジョーの献身は辛いものでもありましたけれど、それでも彼女の捻出したお金は家族のためになりました。相手から一方的に与えられるばかりでなく、そんなふうに自分も役にたてるのは、幸せなことだと思って。だからわたしは、わたしも……」

サラの声は、望みを明確な言葉にできないまま、沈みこんだ。

そんな彼女を驚いたようにうかがっていたヴィクターの表情が、しだいに真剣なものになる。やがて彼は、静かに問いかけた。

「きみはそんなに、先輩の役にたちたいと思っているのかい？」

サラはうつむいたまま、組みあわせた指先に力をこめる。

しばらくためらってから、心を決めて顔をあげた。

「ヴィクターさまも、わたしたちのかかえている事情を兄から聞いて、おわかりになったでしょう？　わたしたちが屋敷から逃げだして身を隠しているのは、すべてわたしのためなんです。貸本の仕事だって、わたしの気をまぎらわせるために必要だと考えて、兄が提案したことで……兄はいつだって、自分のしたいことにわたしをつきあわせているかのように装っていますけれど、でも本当は違うんです」

逃亡生活を始めてまもないころは、領地から離れた町を転々としながら、めだたない宿に泊まることをくりかえしていた。事件の報道が下火になるまでは、身を隠している必要があったからだ。

サラにできることといえば、アルフレッドが町の古本屋でみつくろってきてくれた本を宿の部屋でひっそりと読んでいることくらいだった。その本も、次の町をめざすときには荷物になるので手放さなくてはならない。

そのときのサラの名残惜しげな様子から、アルフレッドはいずれ貸本屋を始めることを考えついたようなのだ。兄以外に親しい相手もなく、本当の名を明かすこともできない妹が、できるかぎり人間らしい日々を送れるようにと配慮してくれたのである。

だから、それだけで、サラは充分に満足しなくてはならない。

いまがどれだけ楽しくても、どれだけ身になじんだ暮らしでも、それはままごとのような日常でたくみに隠蔽《いんぺい》された逃亡生活でしかないのだ。

だから、いまのふたりの暮らしをどれだけ失いたくないと思っても、サラはそれを口にすることはできない。サラの本当のわがままは、兄の望みとは異なるのだから。

それならサラは、自分の望みよりも兄の望みのほうを選ぶ。

兄の幸せは、自分の幸せ。それもまた、サラにとっては本当のことだから。

「でも先輩は、きみとのいまの生活を心から楽しんでいるはずだよ。学寮で暮らしていたときなんかよりもずっとね。先輩のファグだったおれが言うんだから、信用してくれてもいいと思うんだけれどな」

サラの心をほぐすように、ヴィクターが笑いかける。

「でも……わたしさえいなければ、兄はとっくに叔父との決着をつけていたかもしれないと思うんです。最初から兄ひとりきりだったなら、多少の危険なんてかえりみずに叔父を追いつめることもできたんじゃないかって――」

「だったら」

ヴィクターがさえぎった。

サラの思考を弾き飛ばすような、からりとした声音だった。

「先輩がいまも生き永らえているのは、きっときみのおかげだね」

「……え？」

「だってきみがいれば、先輩にとっての最優先事項はなによりも大切なきみを護《まも》ることになる。そのためには、先輩はなんとしても生きていなきゃいけない。だから当然、無茶な行動だってできなくなる。つまりほかならぬきみこそが、あのひとの命綱の代わりになっているんだよ」

「わたしが、兄さまの命綱」

「そうさ」

強い声音に、鼓動がとくんと跳ねた。

「わたしは……そんなふうに考えたことはありませんでした」

呆然とつぶやく。ずっと身のまわりにたちこめていた霧が晴れてみたら、まったく知らない場所にたどりついていたような心地だった。

「じゃあ、これからはそう考えたらいいよ」

サラは一瞬、まぶしい光に視界がくらむように、眼の奥が痛んだ気がした。

この明るさで、このしなやかさで、彼はどれだけの人の心を助けあげてきたのだろう。

アルフレッドがなぜヴィクターを自分のファグに指名したのか、サラはようやく本当の意味で理解できたように思った。

そんなサラの顔を、ヴィクターがのぞきこむ。

「うん。さっきよりは元気になったみたいだね。ファグ・ボーイの入れ知恵も、なかなかあなどれないな」

照れ隠しのように、彼は冗談めかして笑った。

サラもつられてほほえむ。

「はい。でも今日はわたしがヴィクターさまのファグ・ボーイですから」

「そうだった。いまのうちに打ちあわせをしておこうか」

「寄宿学校ではおたがいを姓で呼びあうのですよね？」

「基本的にはね」

「それならヴィクターさまのことは、ロックハート先輩とお呼びすればいいですか？」

「うん。きみのほうはどうしようか。いまのきみはサラ・スタンフォードと名乗っているんだったね？」

「はい。スターリングの家名をそのまま使うわけにはいかないので」

だから現在のサラたちは、表向きはスタンフォード兄妹なのである。

「じゃあ、スタンフォードと呼ばせてもらうよ。呼び捨てで悪いけれど」

「いいえ。むしろとても親密な感じがしてどきどきします」

「親密さを感じてどきどきするの？」

「しませんか？」

「するする」

「慣れるために、ちょっとだけ練習してみてもかまいませんか？」

「もちろんいいよ」

こほ、とサラは咳払いをした。

「今日は良いお天気ですね、ロックハート先輩」

「ロンドン散策には最適の日和だな、スタンフォード」

「ハイド・パークを散歩したら気持ちがよさそうですね、ロックハート先輩」

「でも帽子が風に飛ばされてしまわないように気をつけるんだぞ、スタンフォード」

サラは頰に両手をあてて、ため息をついた。

「わたし、なんだかわくわくしてきました」

「おれは、なんだかむずむずしてきたよ」

こそばゆさをまぎらわすように、ヴィクターは車窓の向こうをのぞきこんだ。

緑の絨毯《じゅうたん》の代わりに、連なる家並みや、煙を吐く工場が数を増してきている。

そろそろロンドン市街の中心地に近づいてきたようだ。

そのとき、ヴィクターが口許に笑みをよぎらせた。

「なにかおもしろい景色でも見えましたか？」

「いや。ちょっとホームズものの『ボヘミアの醜聞』のことを思いだしてね」

「ボヘミアの……？」

その短篇については、話題にしたばかりだ。『新アラビア夜話』でボヘミアのフロリゼル王子が活躍するように、『ボヘミアの醜聞』にもボヘミア王子が登場して、醜聞をもみ消す仕事をホームズに依頼するのだ。

「ボヘミア王子の醜聞の相手は、かのアイリーン・アドラーだっただろう？」

「ええ。ホームズを出し抜いた唯一の女性で、彼から特別な感情をこめて〝あの女性《ひと》〟と呼ばれているアイリーンですね」

「その運命の女性《ファム・ファタール》が、どうやってホームズを出し抜いたか憶えていないかい？」

「それは青年の姿に扮《ふん》して、こっそりベイカー街を訪ねて――」

ヴィクターはいたずらっぽく片眉をひきあげた。

「今日のきみとそっくり同じだ」

「あ……本当ですね！」

サラはぱっと瞳をきらめかせる。男装のアイリーンは、ベイカー・ストリートでホームズに「こんばんは、ホームズさん」と声をかけるのだが、彼は彼女の正体を見破ることができなかったのだ。

小説の世界と現実の思いがけない一致に、サラの胸はいっそう高鳴った。

「でしたら、わたしはアドラーと名乗るのはどうでしょうか？」

「きみを〝運命の女性〟の名で呼ぶのかい？」

「露骨すぎるでしょうか？」

ヴィクターは一拍おいて、天井をふりあおいだ。

「たしかにそれはいろいろと露骨すぎるな」

快活な汽笛が、耳に飛びこんでくる。

もうすぐ到着の時間だ。


チャリング・クロス駅からは、四輪の箱型馬車に乗ってベイカー街に向かった。

ロンドンには、古代から町の中心を占めていた「シティ」と呼ばれる地区がある。銀行や裁判所や出版社などがひしめくこの一マイル四方ほどの地区で、大英帝国の経済は支えられているといっても過言ではない。

そのシティを中心として、ロンドンの市街地は大きく左右に二分できる。

官庁街や、富裕層の大邸宅の集中するウェスト・エンド。

工場や庶民の住宅地、貧民街も広がるイースト・エンド。

ベイカー・ストリートは、ウェスト・エンドのメリルボーン地区を南北に走る一マイル強の街路だ。まっすぐに続く広々とした街路の左右には、四、五階建てのマンション・フラットがずらりと並んで壮観である。

十五分ほど馬車に揺られて、ふたりは目的のフラットにたどりついた。

往来は想像していたよりもにぎやかだった。リージェンツ・パークとハイド・パークを結ぶ道のためか、ステッキやパラソルを手にした華やかな身なりの紳士淑女の姿も、多く見受けられる。

おなじみのヘルメットをかぶったロンドン警視庁《スコットランド・ヤード》の巡査は、のんびりと歩道を巡回しているだけで、治安は悪くなさそうだ。ということは、逆に身なりさえしっかりしていれば通行人に溶けこみやすく、フラットに忍びこんでも怪しまれずにすむといえる。

サラたちも、訪問のベルは鳴らさずにフラットに足を踏みいれたが　道行く人々が気にとめる様子はまるでなかった。

ふたりは玄関を入ってすぐの階段をのぼってゆく。来訪の予定は電報で連絡してあるので、コリンズは部屋で待っているはずである。

足を進めながら、ヴィクターがつぶやく。

「階段には絨毯が敷かれているのか」

「足音はほとんどしないようですね」

「これじゃあ、下宿人が訪問者の気配を察するのは難しいだろうな」

それぞれの階に、下宿部屋の扉はふたつずつ。ひっそりとした階段の壁には小さな風景画がかけられており、踊り場の窓辺には花が活けられている。掃除も行き届いているようで、住み心地のよさがうかがえる。

最上階の五階までやってくると、その先には細い階段が続いていた。

「あの奥にある扉は、屋根裏につながるものでしょうか」

「きっとそうだろうな。そういえば先輩は、ふたりの部屋の周りがどんな様子か、できるなら調べてみてほしいときみに伝えたんだったね？」

ヴィクターの視線を受けて、サラは神妙にうなずいた。

「兄もまだ結論はだせていないようなのですけれど、どこかに〝ユダの窓《Judas window》〟があるのかもしれないからと言っていました」

「ユダの窓？」

「監獄の扉などにある、蓋《ふた》つきの小窓のことだそうです。囚人に悟られないまま、看守が独房の様子を確かめたりするための」

「ああ……うん、想像はつくよ」

　ヴィクターは首をひねった。

「つまりラドフォードの死んでいた密室は、彼自身がたてこもったのではなくて、むしろ囚人のように閉じこめられた結果だと先輩は思っているのかな」

「そこまでは、兄もはっきりと口にしてはいませんでした。でも部屋の外から室内に影響を与えられる窓口のようなものがあるのなら、殺人も不可能ではないかもしれないと」

「なるほどね。いや……でもラドフォードの遺体は、病死としか思えない状態だったわけだから……もしそれが本当なら、なおのこと魔術めいているな」

　ヴィクターはため息をついた。

「わけがわからない」

「わたしもです」

　ふたりは困り顔で苦笑する。

「ともかく、まずはコリンズから話を聞いてみよう」

「はい、そうですね」

　ヴィクターが扉を叩き、呼びかける。

「いるか、コリンズ？　ロックハートだ」

するとと待ちかねていたように、眼鏡の青年が部屋から飛びだしてきた。

「やあ！　よく来てくれたね、ロックハート！」

明るい栗色の髪を跳ね散らかした青年は、ヴィクターの手をとってぶんぶんとふった。

小柄なうえに動きがせわしないので、どこか小動物めいた印象を与える青年だ。

「あれ？　その子はきみの連れ？」

眼鏡の奥の、栗色の瞳が丸くなる。

サラははっとして、姿勢を正した。

「こ、こんにちは。スタンフォードといいます」

「おれの寄宿学校時代のファグだ。断りもなく連れてきて悪かったが、彼のことなら信用してくれて大丈夫だから」

すかさずサラは、あらかじめ用意してきた事情を説明する。

「ラドフォード先輩にはとてもお世話になったので、ぜひ謎を解明するお手伝いがしたいと思って。それでロックハート先輩に同行を頼みこんだんです」

「そうだったんだ……。うん、わかった。そういう事情なら歓迎するよ」

「ありがとうございます！　お役にたてるように、精一杯がんばります」

サラが本心から告げると、コリンズはますます目を見開いた。

「へええ！　驚きだな、ロックハート。きみのファグとは思えないような、礼儀正しくて上品で繊細そうな子じゃないか」

「放っておけよ」

「こんな優良株を、どうやってつかまえたんだい？」

「……籤《くじ》でたまたまファグに決まったんだよ」

「あははは、やっぱりね！」

ぱし、と愉快そうにヴィクターの肩をはたくコリンズ。

「ねえねえ、スタンフォードくん。きみはシャーロック・ホームズの事件譚《たん》を読んだことあるかい？　あのシリーズには、スタンフォードという青年がでてきてね……」

にじり寄ってくるコリンズにたじろぎつつ、サラはうなずいた。

「第一作の『緋色の研究』で、ホームズとワトスンが出会うきっかけを作った人物ですね」

「おおっ。よく知ってるじゃないか！　きみもホームズものが好きなの？」

「はい。これまで何度も読みかえしています」

「うわあ、感激だなあ！　まさかここで新たな同志にめぐりあえるなんて！」

コリンズは感激して、サラの手を握りしめようとする。

その腕を、すかさずヴィクターが払いのけた。

「おれのファグに気安くさわらないでくれないか」

コリンズはぱちぱちとまばたきした。肩を並べるヴィクターとサラに、無言のまま視線を行き来させる。

「ひょっとしてきみたち、そういうあれなの？」

「どういうなにだよ？」

「だからファグ・マスターとファグ・ボーイの……禁断の……恋？」

「違うよ！」

「違います！」

狼狽《ろうばい》したふたりは、そろって声を張りあげた。

「そうやって激しく否定するところがいかにも……」

「怪しくないって！」

「怪しくありません！」

「わかったわかった。でも仮にそういうことでも、ぼくは他人のロマンスに対しては寛容な性質《たち》だから安心していいよ。もちろん相思相愛のふたりにちょっかいをだすこともないから。ぼくの恋愛対象は女性のみだからね」

「だからおれもだよ」

ヴィクターは低くうなる。

「最近こんな展開ばかりだな……」

　ひどい頭痛をこらえるように、眉間に指先を押しつける。

　そんなヴィクターにも、コリンズはおかまいなしである。

「ぼくの夢はね、いつかぼくを華麗に出し抜いてくれるような運命の女性《ファム・ファタール》とめぐりあって〝あの女性《ひと》〟と呼ぶことなんだ。アイリーン・アドラーのことを、ホームズがそう呼んだみたいにね！」

「おまえを出し抜いてくれるような女性は、案外近くにいるんじゃないのか？」

　ヴィクターがそっとサラに目配せする。

　サラは口許だけで笑った。

「まあ、とにかくどうぞ。わざわざ来てくれたお礼に、お茶とクリームタルトならだしてあげられるから」

「クリームタルトだって？」

　どうしてよりにもよって、ラドフォードの不可解な死に関係したかもしれない菓子なのだろう。サラも奇妙に感じて、やがて思い至った。

「ひょっとしてコリンズさんは、ラドフォード先輩の部屋にあったクリームタルトがどこのお店で買われたものか、調べてまわっていらしたんですか？」

「お、スタンフォードくんは鋭いね。そのとおりだよ。この近くの店をいくつかあたってみたんだけど、質問だけしてなにも買わないのはなんだか悪いだろう?」

「ああ、そういうことか。で、タルトの出所は洗えたのか?」

「それがさっぱりなんだよねえ。何軒かのパン屋とかカフェに置いてあったのは、形からして違うものだった。あとは路上の屋台で買った可能性があるけど、ベイカー街の界隈《かいわい》にクリームタルトを売る屋台はないらしいんだ。パイとかマフィンの呼び売りはいるんだけど、それぞれ縄張りみたいなものがあるから……っていう情報は、ベイカー街が持ち場の警官が教えてくれたことだから、信用できると思う」

「でもおまえとしては、自分の寝室に閉じこもっていたラドフォードが遠くまで外出したとも思えないんだろう?」

「うん。それが死因とは思えないけど、体調が悪そうだったことは事実だしね」

「やっぱり、来訪者がいたと考えたほうがいいのか……」

「当日ベイカー・ストリートを巡回していた巡査は、特に怪しい通行人は見かけなかったと言っていたけどね。でもひとりの巡査で、すべての通行人に目を光らせるなんてことができるはずもないし」

「そうだろうな。なにか企《たくら》みのある人間なら、巡査の視界に入らないよう気をつけることくらいはするだろうから。そうして下宿の玄関から屋内にすべりこんでしまえば、誰の目にもとまらずこの部屋までたどりつけるわけか」

「そうそう。午前中は大家のミセス・ターナーが廊下の掃除をしているときがあるけど、それにでくわさないかぎりは出入り自由も同然だね」

といっても、これまでに盗難などの騒ぎが起きたことはないらしく、自室の鍵をいつもかけておくかどうかは下宿人おのおのに任せているという。玄関の扉だけは、夜八時以降は閉める決まりにしているので、コリンズは両方の鍵を持ち歩いているそうだ。

「ラドフォードの部屋には、そのどちらの鍵もあったというんだな？」

「それこそが、ラドフォードの死が謎になっている原因だよ。この部屋の鍵が彼の寝室にさえなければ、誰かが鍵をかけて立ち去ったと考えることもできるのにさ」

そしてコリンズは、扉と床のわずかな隙間《すきま》を靴先でさしてみせた。

「廊下から鍵を戻す方法なら、この扉と床の隙間から押しこむ方法があるけど、彼の寝室に落ちていた鍵が、ここからもう一枚の扉をくぐり抜けていったなんてことはありえないしね」

その説明に、サラはひっかかりをおぼえた。

「鍵は床に落ちていた……んですか？」

「そうだよ。彼の足許あたりにね」

ラドフォードの座っていた椅子のそばには、サイドテーブルがあったという。なにかのはずみでそこから落ちたとも考えられるが、鍵の在《あ》り処《か》が問題になっているだけに、なんだか気にかかる。

「どうにも妙な話だな。とにかく、部屋を確かめさせてもらってもいいか?」

「もちろんさ」

コリンズに続いて、サラたちは室内に足を踏みいれた。

広々とした居間のたたずまいに、サラは一瞬、本来の目的を忘れた。

暖炉のそばに向かいあわせた、二脚の肘《ひじ》かけ椅子。

白いテーブルクロスのかけられた、こぢんまりとした食卓。

古本屋で求めたのか、さまざまな装いの本がつめこまれた本棚。

まさに、ホームズとワトスンの暮らしている下宿部屋という風情だ。

「ちょっと散らかってるけど」

ローテーブルに広げてあった新聞を、コリンズはあわてて折りたたむ。

すると、彼がラドフォードに貸したという『四つの署名』が顔をだした。

サラはどきりとする。例のトランプのカードは、あの本に挟みこまれていたのだ。

「ホームズを真似して部屋をめちゃくちゃにするのだけは勘弁してくれってラドフォードには言われてたんだけど、これはぼくのもともとの癖なんだよね」

「ラドフォードは整頓好きな奴だったからな」

「うん。ぼくが脱ぎ捨てたままにしていた服を、かたづけてくれたこともあるよ。いまのこの部屋は広すぎて、なんだかおちつかないよ」

口をつぐんだコリンズは、悲しそうに目を伏せる。その顔つきだけで、ラドフォードの人柄が偲《しの》ばれた。きっと前途有望な若者だったろうに。

やがて沈痛な空気をふりはらうように、コリンズは顔をあげた。

「ラドフォードの部屋はこっちだよ」

正面の暖炉の左右に扉があり、その先はそれぞれ同じ広さの寝室になっているという。

コリンズは左の扉のほうに足を進めた。

「いくらか彼の持ちものを調べはしたけど、位置はほとんど動かしてないから」

その部屋は、サラの現在の寝室とさほど変わらないようなものだった。

窓際の寝台。書きもの机。本棚。チェスト。

肘かけ椅子の隣には、丸いサイドテーブル。

テーブルの上には、オイルランプと水差しと硝子《ガラス》のコップ。そして部屋の鍵。

きれい好きだというラドフォードらしく、よくかたづけられた部屋だった。でもどこか雑然とした印象も受けるのは、部屋の主がすでに故人だと知っているからだろうか。

「ラドフォードの足許に転がっていたのは、あの水差しなのか?」

「そうだよ。ちょうどこんなふうにね」

コリンズはひょいと陶製の水差しを持ちあげる。そしてサイドテーブルと椅子のあいだに横倒しにしてみせた。椅子に座った人物が肘かけの外に腕を垂らしたら、ちょうどそのあたりの位置になりそうだった。

「単純に、手がすべって取り落としただけなのか……」

「それはわからないけど、かなり派手にこぼしたことは確かだよ。水差しも絨毯も水浸しになっていて、中身のほうは空だったから。たぶんほとんど満杯のままひっくりかえしたんじゃないかな」

この水差しにいっぱいの水なら、かなりの重さである。サラなら用心のために、両手で持ちあげるだろう。

そのとき、サラは気がついた。水差しの胴に、かすかな亀裂が走っている。

「あの……そのひび割れは、もとからあったものですか？」

「え？　ああ、本当だ！　うーん……確証はないけど、たぶんなかったと思う。ひょっとして、このテーブルから落ちた鍵が直撃したんじゃないかな？」

ヴィクターが、テーブルの鍵を手に取ってながめる。

「かもしれないな。でもこの程度の軽さの鍵だと、かなり強くぶつからないとひびまでは入らないような気もするけれど……」

部屋の鍵はサラの小指ほどの長さで、飾りけのない簡素なものだった。先が尖《とが》っているわけでもなく、勢いよく投げつけでもしないかぎり、実用重視の水差しに疵《きず》がつくことはなさそうに思えた。

　ヴィクターはそのときの状況を再現するように、椅子のそばにしゃがみこむ。

　そしてふと、絨毯の一点に目をとめた。

「なんだろう、これは？」

　絨毯から目に見えないほどのなにかをつまみあげ、窓からの光に指をかざす。彼の指先には、黄みがかった粉のようなものがついている。

「木屑《きくず》かな？」

「そう、みたいですね」

　改めて周囲に目をこらしてみれば、椅子の下に敷かれた絨毯には、同じ木屑がいくらか散っているようだった。

「コリンズ。この絨毯はラドフォードが死んだときのままなのか？」

「いいや。さすがにびしょ濡れだったから、医師の診断と警察の簡単な取り調べが済んだあとは、下の台所の火のそばで乾かしてもらったよ」

「じゃあ、洗濯はしていないんだな？」

「うん。台所で薪は使っていないし、床に敷いたわけでもないから、そこで木屑がついたとは思えないけど」

　とすると、遺体が発見されたときはすでにこの状態だったのだ。

この部屋に足を踏みいれたとき、どことなく雑然とした印象を受けたのは、絨毯の汚れのせいだったのかもしれない。それに加えて、肘かけ椅子の位置である。もともとは窓際にあったらしいのだが、いまは中途半端にせりだしているためなんだか据わりが悪いのだ。

「椅子がこの位置だったことには、なにか理由があったんでしょうか」

サラのつぶやきに耳をとめ、ヴィクターがふりむいた。

「ラドフォードを殺した犯人がいるとしたら、椅子をここに動かす必要があったんだと思うかい？」

「……はい。でもその状況というのがまるで想像できなくて」

「おれもだよ。どうして鍵がこの部屋にあるのかさえわかれば、他の謎まで一気に解けるような気もするんだけれど」

ヴィクターはひとつひとつ、確かめるように口にする。

「廊下に面した扉の下から、鍵をこの部屋に戻せたはずはない。窓には掛け金がかかっていたうえ、雨戸まで閉めきられていた。四方には壁しかない」

「それでも鍵は部屋にありました。まるでどこからか、勢いをつけて投げこまれたみたいに。まるでどこからか、見えない力が働いていたみたいに……」

「見えない力か……。魔力のような見えない力……磁力とか？」

その瞬間、サラはひらめいた。

磁力よりもっと身近な、常に感じている見えない力が存在するではないか。

「重力です。高いところから落下させれば、たとえ軽いものでもぶつかったときの威力は増します」

「そうか。四方がふさがっているなら、あとに残るのは──」

ふたりはすかさず頭上に目をこらした。

天井に張られた板と板の境に、ほんのわずかだが隙間のめだつ部分がある。

水差しが倒れている位置の、ちょうど真上にあたるようだ。

「あの隙間から、鍵を落としたのか」

絨毯に散った木屑は、天井裏の何者かがあの隙間を広げたときに降ってきたものだったのかもしれない。

だからアルフレッドは、部屋の周辺を調べてみてほしいとサラに頼んだのだ。どこまで正確に状況を推理していたのかはわからないが、こんな意外な種明かしがありえることを想定していたのだろう。

ヴィクターが、鋭くコリンズをふりかえる。

「コリンズ。いまから屋根裏を調べてもいいか？」

「あ……わ、わかった。こっちだよ！」

コリンズは、急展開についてゆくので精一杯という顔だ。

それでも無駄口はたたかず、早足でふたりを階上に案内する。

「屋根裏部屋は、物置き代わりに使われてるんだ。ターナー夫人に頼まれて壊れた椅子を置きにいったことがあるけど、鍵はかけていないみたいだったから、誰でも出入りできるはずだよ。そんなこと、考えてみたこともなかったけど」

「だったらその気になれば、屋根裏で寝泊まりすることもできそうだな」

「そうかもね。寝台はなかったけど、古いマットレスならあったし」

階段のつきあたりにある扉を、コリンズはおずおずと開いた。

「――ここだよ。ちょっと埃《ほこり》っぽいと思うけど」

「ああ。かまわないさ」

ふたりに続いて、サラも扉の奥に足を踏みいれる。そのとたん、薄闇が覆いかぶさってきて、おもわず立ちどまった。予想していたよりも、ずっと暗い空間だった。しだいに目が慣れて、傾斜した屋根がそのまま低い天井となっているのがわかる。

「おかしいな。前に来たときはもっと明るかったはずなんだけど」

「窓のカーテンを閉じたからじゃないのか……犯人が」

ヴィクターが慎重に足を進め、窓の厚いカーテンに手をかけた。

白い夏の陽が矢のように射しこみ、サラはとっさに目を細める。

「下の部屋よりここのほうが明るいと、板の隙間から光が洩れてラドフォードに悟られる危険がある。犯人にとっては都合が悪いはずだろう」

屋根裏には、もろもろの家具や古い照明具、丸めた絨毯などが雑然と詰めこまれているようだった。

ほどなくヴィクターが、さきほどの隙間を発見した。服が汚れるのもかまわず、床に顔を押しつけるように、階下をのぞきこむ。

「やっぱりここだ。真下にあの肘かけ椅子がある」

サラはヴィクターのそばにかけよった。

「そこから鍵を落としたら、水差しにぶつかりそうですか？」

「うん。確実に命中するかどうかはわからないけれど、たぶん正解だ」

「でも……なぜわざわざ、肘かけ椅子をここまで移動させたんでしょうか？」

鍵を落として密室を演出するために、この〝ユダの窓〟は必要だった。

けれど犯人がどのように彼を手にかけたかは、依然として謎のままだ。

まさかこの穴から階下に向けて、死の矢を射かけたとでもいうのだろうか。

ふたりの背後で、コリンズが不安げにつぶやく。

「そういえば、ラドフォードの部屋はどうしてあんなに暗くしてあったんだろう？　あの日の天気は曇りだったし、雨戸まで閉めたらほとんど真っ暗になったはずだよ」

「わからない。でも――」

ヴィクターはコリンズをふりむいた。険しいまなざしで告げる。

「これは殺人だ、コリンズ。おまえが疑ったとおり、ラドフォードは殺されたんだ。そうでなければ、わざわざこんな手間のかかる細工までして、密室を作りだそうとするはずがない」

はっきりと断言されて、コリンズが顔をこわばらせる。

「でも、でもどうしてあのラドフォードが、そんなことに？」

「コリンズ。おまえに話さなきゃならないことがある。確信が持てるまではと黙っていたんだが……ラドフォードは殺人ゲームの犠牲になって死んだのかもしれない」

「殺人……ゲームだって？」

「ある小説にそういうゲームを活動の目的にする秘密クラブが登場すると、この子が教えてくれた。そのクラブではトランプを使った籤で《死を与える者》と《死を与えられる者》を決めて、会員同士が殺しあうルールなんだ」

「まさか、それを真似したクラブが現実に存在するっていうの？　そんな……そんなこととても信じられないよ！」

眼鏡を直そうとするコリンズの指が、小刻みにふるえている。

「本に挟まれていたトランプのカードを、おまえがラドフォードからのメッセージと受け取ったのは、たぶん正しかった。口外を禁じられたクラブの証拠を、彼はきっとなんとか残そうとしたんだ」

そのときだった。

ぎしり、と床の鳴る音がした。

三人は弾かれたように入口をふりむく。

そこにはサラの見知らぬ青年がいた。ヴィクターたちと同じくらいの年齢だ。

身なりはいいが、ひどく蒼ざめて、怯《おび》えたような表情をしている。

いましがたの不穏な会話を、耳にしていたのだろうか。

一呼吸遅れて、コリンズが反応した。

「あ……サイラスじゃないか！」

ほっと肩の力を抜き、青年をサラたちに紹介する。

「彼はサイラス。ラドフォードの従兄弟だよ。ほら、ラドフォードといっしょにベイカー街をまわって、この下宿を探してくれた従兄弟がいるときみにも言っただろう？　それが彼だよ」

サラの隣にたたずむヴィクターが、そのとたん、かすかに身じろぎした。

鋭い視線でサイラスをうかがいながら、さりげなく身体《からだ》の向きを変える。

サラの姿を、サイラスの視界から隠すように。

「？」

サラの胸に、とまどいと不安がこみあげる。そしてすぐに悟った。

ラドフォードの下宿選びにサイラスがつきあったのなら、この屋根裏がどのような状態なのか知っていても決しておかしくはない。いや、知っていたからこそ、いま彼はここに足を運んでいるのだ。つまり、それは――。

「サイラス。このふたりはラドフォードの友人だよ。じつは大変なことになってね、きみにも事情を伝えなきゃならないと思ってたところなんだ。きみにはすごく言いにくいことなんだけど」

「どこにあるんだ」

譫言《うわごと》のように、サイラスがつぶやいた。

「え？」

「そのトランプのカードはどこにあるのか、教えてくれないか」

「あ……ああ。いまのぼくらの話、聞いていたんだね？　あの札なら、本に挟んだままにしてあるよ。ぼくがラドフォードに貸した――」

「教えるな」

コリンズの声を断ち切ったのは、ヴィクターだった。

「黙っていろ、コリンズ。絶対に教えるな」

「……ど、どうしてだい？」

「この男はカードを処分するつもりだ。そのために訪ねて来たんだろう？」

射抜くように、ヴィクターはサイラスを睨《にら》みつける。

サラははっとした。件《くだん》の秘密クラブで使われているトランプが特別製のものなら、それが彼らの犯罪の致命的な証拠になることだってあるかもしれない。

サイラスは、頬にひび割れのような笑みを浮かべた。

「なにを言っているのかわからないな。ぼくはただ、そのカードがどんなものか知りたいだけだ。従兄弟の死にまつわる重要な手がかりかもしれないというんだから、当然のことじゃないか」

「おまえの殺した従兄弟の死だろう？」

「……ずいぶんな言いがかりだな。いったいどんな根拠があって、そんな馬鹿げた結論にたどりついたんだ」

「この下宿の習慣について、おまえは詳しく知る機会があった。部屋の鍵の扱いも、人の出入りについても、ラドフォードの寝室の真上にあるこの屋根裏についても」

「そんな程度の情報なら、誰だって得ることができるさ。そもそもあいつはどうやって殺されたというんだ。部屋が密室だろうが、そうでなかろうが、どう見たって病死じゃないか」

「そうだな。残念ながら頭の悪いおれには、この殺人のからくりがわからない。だが部屋が密室であるように細工した証拠だけは、いくつもある。だからこの一件は、おれが警察に届ける。あのトランプの出所ともども、徹底的に調べ直してもらう」

あえて挑発するように、ヴィクターは言いきる。

傲然《ごうぜん》と、口の端をあげて。

「こう見えて、おれは爵位持ちの身の上なんだ。だから、使える権力はなんでも使わせてもらうつもりでいる。他ならぬラドフォードのためなら、多少汚いことをしたってかまわない。こんなふざけた遊びを取りしきっている首謀者は、かならず処刑台送りにしてやる」

「や、やめろ！」

サイラスが悲鳴のような声をあげた。

「どうしてだ？　おまえもその秘密クラブとやらの犠牲者なんじゃないのか？　刺激的な度胸試しかなにかのつもりで参加したゲームから脱けられなくなって、途方に暮れているんだろう？　おまけに従兄弟まで殺すはめになって――」

「ぼくじゃない！　ぼくはなにもしていない！　あいつを殺《や》ったのはぼくじゃ――」

ぷつりと、機械が壊れたように声がとぎれる。

ヴィクターが、低くつぶやいた。

「……語るに落ちたな」

サラはたまらず目をつむった。

本当に、現実に、こんなことが起きているなんて。

「つまりはおまえが、そのふざけた遊びにラドフォードを巻きこんだわけか」

そうたずねたヴィクターの声音は、一転して沈痛なものだった。

ぐったりと、サイラスが頭を垂れる。

「しかた……なかったんだ。クラブを脱会したいなら、代わりの人間を連れてくるように指示されて、それで……」

「それで、おまえを疑うことなど思いもよらない従兄弟を騙したんだな」

「まさかこんなことになるなんて、思わなかったんだ！　会合に誘ったその夜に、よりによってあいつに《執行者》のカードがまわるなんてこと！」

「笑わせるな！　おまえは自分の命惜しさに、あいつを犠牲にしただけじゃないか！」

それは割れたら死ぬのが確実な薄い氷の上に、あえて相手を導いたのと同じだ。

その選択に、明確な殺意との違いはどれだけあるだろう。

「あいつが勝手に死ぬほうを選んだんだ。おとなしくルールに従っていれば、殺されずにすんだのに」

あまりの発言に、ヴィクターが言葉を失う。

やがて彼は、憤《いきどお》りにふるえる声をしぼりだした。

「おまえ——最悪だな」

「うるさい！　いいから早くカードの在り処を教えろ！」

サイラスは叫ぶと、ヴィクターに向かって両手を突きだした。

その手には、いつのまにか黒く光るリボルバーが握られている。

サラは息をとめた。自分の心臓に冷たい銃口を押しつけられたかのように、一瞬で全身が凍りついた。サラだけに届く声で、ヴィクターがささやく。

「動かないで。じっとしているんだ、サラ」

「早く答えるんだ。答えないと撃つぞ。ぼくは本気だ！」

「おちつけ。これはおまえにとっても良い機会なんだ。おまえはその手で殺人の罪を犯したわけじゃないんだろう？　ラドフォードの残したトランプとともに、そのクラブの情報を警察に伝えれば、おまえが恐れている連中だって一網打尽にできるはずだ」

サイラスは声をひきつらせた。

「そうなるよりぼくが殺されるほうが先さ。どのみちこのことが表沙汰になれば、ぼくの人生は終わりなんだ。従兄弟を売った男なんて、誰も信用なんかしてくれない」

そう吐き捨て、リボルバーを握りなおす。

「カードをどの本に隠したか答えろ！」

引き鉄にかけた指先に力がこもる。

サラは反射的に身をすくめる。

助けて。助けて。兄さま。

彼を殺させないで。

お願いだから！

「――その銃を捨ててもらおうか」

一陣の風のように、新たな声がサラの意識に飛びこんできた。

サラの待ち望んでいた声。けれどいま耳にできるはずのない声だった。

「兄、さま……？」

顔をあげ、ヴィクターの肩越しにサイラスのほうに目をやる。

すると入口の暗がりから浮かびあがるように、黒のフロックコートに身をつつんだアルフレッドが、サイラスのこめかみに銃をつきつけていた。

予想外の事態に、サイラスがうろたえる。

「だ……誰だ？」

「おっと。ふりむかないほうが身のためだ。わたしの顔を知ってしまったら、きみのことを殺さなければならなくなるからね」

サイラスの肩が、びくりと痙攣《けいれん》する。

アルフレッドは、場違いなほどに穏やかな調子で語りだした。

「悪いが、わたしは面倒なことが嫌いなんだ。だからこの一件で警察と関わりあいになるつもりはないし、今後のきみがその秘密クラブとやらとどうつきあおうが、いっさい関知はしない。きみの捜していたものはこれだろう?」

アルフレッドはおもむろに、一枚のトランプをさしだした。

たちまちサイラスの目の色が変わる。

「……そ、そうだ!」

サラには確認できないが、どうやらラドフォードの隠したクラブのエースのようだ。

おそらく階下の部屋にかけつけたアルフレッドが、居間に置いてあった『四つの署名』から抜いてきたのだろう。

アルフレッドはそのカードを、するりとサイラスのポケットにすべりこませた。

「これで唯一の手がかりはきみのものだ。あとはきみの好きにするといい。ただ、もしもここにいる者が口封じのために危害を加えられることがあれば、そのときは——」

サイラスの耳許で、アルフレッドがささやく。

「わたしは迷いなくきみを殺すよ」

「——っ!」

「この三人にわずかでも手をだしたら、きみがなによりも守り抜きたかったきみ自身の命を、考えられるかぎり残酷な方法でわたしが奪ってあげよう。警察に訴えるようなまわりくどいことはしない。わたしは面倒なことが嫌いだからね」

蒼白のサイラスから、アルフレッドは身を離す。そしてほがらかに告げた。

「さて、わたしの話はこれだけだ。きみの報告を待っている人間にどんな説明をするか、よくよく考えてから身のふりかたを決めるんだね」

アルフレッドは暗に忠告している。命が惜しいのなら、ここでの出来事はなかったことにしろと。

「……いったい、あなたは何者なんだ？」

「教える義理があると思うのか？」

「…………いや」

「ではごきげんよう」

アルフレッドが身を退けると、サイラスはよろめくようにあとずさった。

素性の知れない脅迫者から目を背けたまま、ふるえる足を階段にかける。

その背中に向かって、ふと思いだしたように、アルフレッドが言葉を投げた。

とたんにサイラスは顔を凍りつかせ、逃げるように階段をかけおりていった。

もつれる足音がしだいに遠ざかり、やがて玄関の扉が乱暴に閉じる。

それを聞き届けると、アルフレッドはくるりとこちらをふりむいた。

まっすぐサラのもとにかけつけ、なりふりかまわず抱きしめる。

「サラ！　無事でよかった！　怪我《けが》はないね？」

「ええ。わたしならなんともないわ、兄さま」

兄と妹の睦まじいやりとりに、ヴィクターもようやく肩の力を抜いたようだ。

「先輩のおかげで助かりました。ありがとうございます。でもどうしてここに？」

「じつはきみたちが出発したすぐあと、ラドフォードの殺害方法に思い至ったんだ」

サラの背に腕をまわしたまま、アルフレッドが説明する。

「そのうえできみの話を検討し直しているうちに、どうにも嫌な予感がしてきてね。コリンズくんが在宅している今日の午後を狙って、下宿をたずねてくる人物がいるんじゃないかと思ったんだ。それでロンドン行きをためらっている場合ではないと、かけつけることにしたのさ。危ないところだったね」

「うかつでした。まさか奴が銃まで持っているとは思わなくて」

不明を恥じるように、ヴィクターがうつむく。

「そのことに気がついていたら、あんなに追いつめるような真似はしなかったんですが」

「うん。反省は次の機会に生かすことだ。とにもかくにも無事に済んでよかった」

でも、とサラはアルフレッドをうかがった。

「あのカードは大切な証拠の品なのに、渡してしまってよかったの？」

兄の判断を不満に思うわけではなかったが、サラは今後のことが気になったのだ。

アルフレッドのまなざしが、ふいに厳しさを増す。

「残念だけれど、この件にこれ以上ぼくたちが関わるのは危険だ。いまは手をひくべきだと思う」

「相手が悪すぎるから？」

「うん。でもいずれ時機がきたときは、さっきの彼が役にたつこともあるだろう。なにせぼくには相手に素性を知られていないという強みがあるし、あれだけの脅しを簡単に忘れられるとも思えないからね」

サラはほんのちょっぴり首をすくめた。

「さっきの兄さま、なんだか迫力があって怖かったわ」

「おれには若干、楽しんでいたようにも思えましたが」

「そんなことはないさ。悪者を演じるのは慣れないから、どっと疲れてしまったよ」

「えー」

「えー」

ふたりがそろって微妙な反応をかえしたときだった。

三人の輪の外から、遠慮がちな声があがった。

「あのう……もしもーし？」

三人は同時に我にかえる。コリンズの存在をすっかり忘却していた。

「す、すみません、コリンズさん」

サラはあわてて謝るが、コリンズはなぜかまじまじとサラをみつめている。

「ねえ、きみのその髪……それにさっきはたしか、サラって呼ばれてたよね？」

「あ！」

サラはとっさに頭に手をやったが、そこにあるはずの帽子はなかった。先ほど兄の抱擁《ほうよう》を受けたときに、頭から転がり落ちてしまったらしい。

「スタンフォードくんは女の子だったの？」

サラは観念した。

「……はい。騙すような真似をしてすみません。ヴィクターさまのファグ・ボーイとして同行したほうが、信用していただけると思って……あの、悪気はなかったんです」

「ぼくのアイリーン・アドラーだ」

「え？」

「きみは――きみこそ、ぼくを華麗に出し抜いてくれた運命の女性《ファム・ファタール》だ！」

「あ、あの、コリンズさん？」

コリンズはきらきらと瞳を輝かせて、長身の男たちをふりあおいだ。

「これからは彼女のこと、〝あの女性《ひと》〟って呼んでいいかな？」

ヴィクターとアルフレッドは、憮然《ぶぜん》として口をそろえた。

「やめておけ」

「認めないよ」

4

三人を乗せた四輪馬車は、ごとごととエヴァーヴィルに向かっている。

汽車の倍以上の時間がかかるが、こういう旅路ものんびりしていていいものだ。

コリンズの〝あの女性《ひと》〟発言が気に食わなかったのか、どことなく不機嫌そうだった兄たちの表情も、ロンドンの市街地を抜けるころにはやわらいでいた。

「ところで先輩——」

並走していた汽車の轟音《ごうおん》が遠のくと、ヴィクターがきりだした。

「ラドフォードの密室の謎は解けたわけですが、屋根裏から鍵を落としたその来訪者は、結局どのように彼を手にかけたんですか？」

「ああ、その話をまだしていなかったね。ラドフォードを殺した凶器はね、目に見えない力だったんだよ」

「目に見えない……力？」

ヴィクターとサラは視線をかわす。その力については、さっきも考えたばかりだ。

「兄さま。それは重力や磁力のようなもののこと？」

「いや。それ以上に単純なものだよ。特別な知識がなくても使いこなせるものさ」

アルフレッドはほのかに笑んでみせると、やにわに表情をひきしめた。

「遺体にめだつ痕跡を残さずに、人間を死に至らせる方法があるものか。科学雑誌を読みあさっていて、ぼくはある記事を発見したんだ。『サイエンティフィック・アメリカン』という合衆国の雑誌だ。それは犯罪者を被験者とする人体実験の記事だった」

犯罪者の人体実験。

サラの脳裡《のうり》に、兄に教えてもらった〝ユダの窓〟の記憶がよみがえる。

「それはこんな実験だった。ある寝台に被験者を寝かせてから、おもむろに告げるんだ。その寝台は、いましがたまでコレラ患者が使っていたものなんだと。すると被験者には、あたかもコレラに罹患したかのようなありとあらゆる症状があらわれたそうだ」

サラは目をみはった。

「その寝台、ひょっとして本当は――」

「うん。まったく清潔なものだった。にもかかわらず、被験者は自分がコレラに罹《かか》ったと思いこんだだけで、おのずからそのような状態に陥《おちい》ったんだ」

ヴィクターも啞然《あぜん》としてたずねた。

「ただの思いこみに、健康な身体《からだ》のほうが操られたというんですか？」

「そうらしい。コレラは強い感染性のある病気だ。コレラに罹ったらきっとこうなるはずだという認識が、同じ症状を出現させたんだろう」

コレラの症状は早ければ数時間であらわれるという。

下痢と嘔吐《おうと》が続き、体温が下がり、脱水状態による機能不全で死亡する。

一八八四年にコレラ菌が発見されたものの、いまだ特効薬はなく、罹患《りかん》すれば死の危険があるのも変わらない。

「コレラの直接の死因は脱水症状だ。だから被験者の誤解を解かなければ、そのまま脱水で死亡した可能性もある」

「そういえば、コレラ患者はひどい脱水のせいで皮膚にしわができて、老人のような面相になるといいますね」

もしもその被験者の脱水がとまることなく死に至ったら、本当のコレラに感染したのと同じ死にざまである。にもかかわらず遺体からコレラ菌は検出されないのだから、むしろぞっとするほど無気味な死だ。

それこそ魔術で殺されたとでもいうように。

「コレラは強い感染性のある病気で、致死率も高くて危険だという被験者自身の認識こそが、彼を死に近づける結果になったといえるね。仮にコレラがどんな病気なのかわからなければ、病人の寝ていた寝台だと教えられて少々不安になったり、嫌な気分になったりはしただろうけれど、せいぜいその程度だったんじゃないかな。少なくとも、現実のコレラにそっくりの状態にはならなかったはずだと思う」

「コレラを知らなければ、コレラになりようがないわけですね……。それにしても、意識のほうがそんなふうに身体に影響を及ぼすことがあるなんて、本当に驚いたな」

「その記事では、似たような事例についても軽くふれられていてね。ぼくが注目したのはじつはそちらのほうなんだ」

「どんな事例だったんです？」

「自分が失血死しかけていると思いこんでいた者に、失血による衰弱のような症状が出現したという報告だった」

そのとき、サラの眼前にひとつの光景がまたたいた。

ラドフォードの死んでいた肘《ひじ》かけ椅子。

その脇をぐっしょりと濡らしていた水。

それはまるで、彼の腕から流れだした血だまりのようではないだろうか？

「兄さま。まさかラドフォードさんは、致死量の血を失ったと思いこまされたの？　そのせいで亡くなってしまったの？」

ヴィクターも顔色を変えた。

「それなら、ラドフォードを殺した〝目に見えない凶器〟というのは――」

「言葉だよ。それにラドフォード自身の想像力だ」

サラは絶句した。

言葉。そして想像力。

それはサラにとって、もっとも身近な力だ。

サラの小さな世界を豊かに広げ、鮮やかに彩ってくれるかけがえのない力だ。

「ラドフォードは、探偵小説を長らく好まなかったのだったね」

息苦しい沈黙を破ったのは、アルフレッドのひそやかな声だった。

「理由は人が死ぬためだという。その彼が、恨みのあるわけでもない人間を殺せるはずがない。そうしなければ、自分が殺されることになるとしても。もちろん、だからといって自分の運命に恐怖を感じなかったはずもない。ラドフォードが下宿に閉じこもっていたのは、すべては悪夢だったと現実から目を背けたかったからかもしれない。けれど願いは空《むな》しく死の使いはやってきたんだ」

「でも、それならどうして、ラドフォードさんは相手を部屋に入れたの？」

「放棄した義務の件について話しあおう――と交渉の余地があることをほのめかされたら扉を開けずにはいられないだろうし、あるいは実家からの使いなどを装った可能性もあるんじゃないかな」

いずれにしろ、来訪者を迎えたときに彼の運命は決してしまったのだ。

「ラドフォードに殺人の義務を果たす意志があるかどうか、おそらく使者は最後の確認をしただろう。そのとき、水差しの水をコップに注いで飲ませたんだ。ひそかに阿片《あへん》チンキを垂らした水をね」

ヴィクターが苦い声でつぶやく。

「相手が持ちこんだものならともかく、最初から自分の部屋にあった水だから、疑わずに飲んでしまったのか」

「その時点で、殺人の計画はほとんど成功したも同然だったのだと思う。犯人は窓を閉めきり、朦朧《もうろう》とするラドフォードにきっとこんなことを告げたはずだ。いまきみが飲んだ水には毒が混ぜてあった。きみの身体はどんどん重くなり、動かせなくなる——というようなことをね」

「催眠術のように、ですか？」

「そう。強く暗示をかけるように、語りかけたんだ。たぶん……楽しみながら」

サラはたまらなくなり、顔をうつむけた。

ラドフォードは、何の罪もないのに人体実験の材料にされたのだ。

彼はまさに、ユダの窓のある独房に閉じこめられた囚人だったのだ。

「ラドフォードは阿片によってもたらされた作用を、相手の盛った毒の影響だと確信しただろう。そのために、効くはずのない毒のせいで身体を動かせなくなったんだ。そのうえで犯人は、ラドフォードの手首にナイフを走らせた。もちろん刃の背のほうを強く押しあ

てて ね」

「死に至るほどの深い傷を負った、と思いこませたんですね？」

「よりそれらしく感じさせるために、袖口のあたりを水で濡らしたりもしたかもしれないね。でもそれだけではたりない。最後の――そして最大のしかけとして、血のしたたる音を聞かせたんだ」

サラははっとした。

「そのために水を使ったの？」

「そのとおりだよ。でも肘かけから垂れた腕の下には絨毯《じゅうたん》があるので、血の音がすることはない。だから犯人はそこに水差しをわざわざ置いたんだ。この水差しがいっぱいになるころには、眠るような死がおとずれるとでも説明してね。そうして実際のところは、床に倒した状態で放置したんだ」

「なぜ、わざわざそんなことを？」

「彼の遺体が発見されたとき、縁から水のあふれた水差しが床に置いてあったら、不自然だからだよ。でも倒れた水差しの周囲が水浸しなら、ただ取り落としただけだと思うのが普通だろう？」

実際、サラたちもずっとそう考えていたのだ。

「水滴の音なら、陶器の胴の部分に落ちても聞こえるから問題なかったのね？」

「うん。でもそれこそが、ぼくが最初に疑問を感じた点でもあったんだ。コリンズくんの証言では、転がっていた水差しは全体が水浸しだったそうだけれど、よく考えるとそれはおかしな話なんだ。いったいどんな転がりかたをしたら、そんな派手な濡れかたになるというんだろう。そうは思わないかい？」

たしかに、サイドテーブル程度の高さから絨毯に水差しを落としても、きっと一方向に倒れるだけだろう。

けれど、とサラは一番の疑問を口にする。

「その水滴は、いったいどのようにしたたらせたの？」

アルフレッドはすらりとした人さし指を、ゆっくりと天井に向けた。

「ユダの窓からさ」

「あ……」

自明のことだった。まさにあの隙間《すきま》の真下に、水差しは転がっていたのだから。

肘かけ椅子がいつもと異なる場所にあったのは、水滴がちょうど水差しに落ちるように調整した結果だったのだ。

「その午後、人知れずフラットに忍びこんだ犯人はまず屋根裏に向かい、あの穴をふさぐように大きな氷の塊を置いたんだ。穴の準備は、その日より前にひそかに済ませていたんだろう」

「氷の塊？」

アルフレッドはうなずいた。

「たとえば帽子箱のような大きな箱におがくずを詰めて、そこに氷をしまえば、溶けだすのを遅らせることができる。犯人はきっとそんなふうにして、氷をフラットに運びこんだんだと思うよ」

もしも紳士の格好をした人物が大きな帽子箱を腕に抱えていたら、誰もが中身はシルクハットだと考えて怪しんだりはしないだろう。

「それから彼は階下のラドフォードを訪ねて、さっきのようなやりとりをする。そのうちに氷は溶けだして、天井から雫《しずく》が落ちてくる。すでに部屋が暗ければ、ラドフォードが気づくことはない。音も絨毯がほとんど吸収してくれる。逆に高い位置から陶器にしたたり落ちる一滴一滴は、命の流れだしてゆく恐ろしい音として、より効果的にラドフォードの耳に響いたはずだ」

ヴィクターが身をこわばらせる。彼はかすれた声で訊いた。

「その様子を、犯人はずっと観察していたというんですか？」

「むしろそれこそが目的だったといえるかもしれない」

「なんてことを……」

みずからの想像力に囚われた人間が、自分を自分で殺してゆく。

そのさまを、犯人はどのような顔でながめていたのだろう……。

アルフレッドが、感情を排した口調で説明する。

「気の済むまで実験の経過を見届けたあと、犯人は部屋の鍵をかけて屋根裏に戻り、氷をどけて鍵を落とした。あとは氷を置き直して、人目につかないように下宿を立ち去ったんだろう。氷が溶けてしまえば、痕跡はなにも残らない」

「でもこの計画を実行するには、相当の下調べが必要ですよ。よほど詳しく下宿について把握していないと……」

最後の抵抗のようなヴィクターの訴えは、みずから潰《つい》えた。

「あいつ……教えたらラドフォードがどんなことになるかわかっていて、なにもかも白状したのか！」

「死にたくなかっただけ——きっとそうだったんだろう。ラドフォードが男爵家のひとり息子だったら、爵位狙いの計画的な殺人の線も疑ったのだけれどね」

でも、とアルフレッドはつぶやいた。

「どんな理由であったにしろ、彼がラドフォードの信頼を裏切ったことは変わらない」

サラは思う。最期の瞬間が迫ったラドフォードの、朦朧とした瞳に映るのは、いったいどのような景色だったのだろう。

その景色は——この世界は、深い闇に満ちてはいなかっただろうか。

「だからぼくはあのとき……立ち去りかけた彼に、とっさに伝えずにはいられなかったんだ。安心するといい、ラドフォードを殺したのはきみだ――とね」

アルフレッドは、窓の外にまなざしを投げる。

そうして、独白のようにささやいた。

「一生、忘れなければいいと思うよ」

誰も、なにも口にしなかった。

それがアルフレッドなりの手向《たむ》けなのだと、サラにもわかっていた。

兄にそれだけのことを言わせる人だ。惜しい人を亡くしたのだと思った。

探偵小説を苦手にしていた彼が『四つの署名』をどう読んだのか、知りたかった。

サラは静かに目を閉ざした。

ラドフォードさん。

コリンズさんに借りた『四つの署名』はいかがでしたか。

最後まで、楽しみながら読み終えることができましたか。

ワトスン先生とモースタン嬢が結ばれたとき、嬉しかったですか。

いつの日か、自分もあんなすてきな女性と出会えたらいいなと思いましたか。

わたしは――わたしには、自分の未来のことはまだよくわかりません。

でも、出会えてよかったと思っている人ならいます。

さっき、彼はわたしを守ろうとしてくれました。

彼にとって、わたしが大切な人の妹だからです。

でも、だから、あとでちゃんとお礼を言わなければと思います。

心をこめて。感謝の気持ちを伝えるために。

言葉はこんなときにこそ使わなくては。

そうですよね、ラドフォードさん。


三人を降ろした馬車が、軽快に街路を遠ざかってゆく。

それを見守りながら、ヴィクターとアルフレッドは店の裏手にたたずんでいた。

サラは皆のお茶の用意をするため、いましがた扉の奥に消えていったところだ。

ヴィクターはぽつりとつぶやいた。

「やっぱり菫《すみれ》色なんだな」

「なんのことだい？」

「彼女の瞳ですよ」

ずっと気のせいかと思っていたのだが、明るい陽の光にさらされた彼女の瞳は、やはり紫がかっているようだ。

容易《たやす》く踏みにじられてしまう、儚《はかな》い菫のような色彩が瞳の奥にたゆたって、まなざしにふしぎな陰影を与えている。感情の動きとともに、瞳の色が変化するのかもしれない。

ややしてから、アルフレッドが平坦な声でかえした。

「気がついていないのかと思っていたよ」

「気がついていましたよ。とっくの昔に」

「とっくの昔？　きみはサラと知りあってまもなく、不躾《ぶしつけ》にもそんな至近距離からあの子の瞳をのぞきこんでいたというのかい？」

「え……いや、決してそういうわけでは……」

うろたえるヴィクターを、アルフレッドがおかしそうに横目で見やる。

こういうところが浅はかなのだ、とでも思っていそうな顔つきである。

「ヴィクター」

「いまの話は忘れてください」

「そうじゃない。きみだけに伝えておきたいことがあるんだ」

「え？」

いつのまにか、アルフレッドの横顔が真剣なものに変化していた。

ごくりと、ヴィクターは唾を飲みこむ。

「……あの自殺クラブのことですか？」

アルフレッドはうなずき、足許の影に目を落とした。

「ベイカー街の下宿で、きみは例のトランプを確認したかい？」

「いえ。それより先に屋根裏を調べに向かったので」

「では、サラも目にしてはいないんだね？」

「そのはずです」

サラとはずっといっしょに行動していたので、居間にあった『四つの署名』を手に取る機会はなかったはずだ。

そもそもラドフォードの従兄弟があの部屋にやってきたのは、トランプのカードを回収するためだった。ヴィクターたちと鉢合わせしなければ、遺品の整理などを装ってカードを捜しだすつもりだったのだろう。銃を持っていたことからして、もしもコリンズが事件のからくりに勘づいていたら、自殺にみせかけて殺すようにとでも指示されていたのかもしれない。思えば最初から、彼はひどく追いつめられた様子だった。

「わざわざ回収しなければならないような、変わった柄だったんですか？」

「かなり特徴的なデザインだった。中央のマークを、翼を広げたグリフォンが囲っているんだ」

ヴィクターは考えこんだ。

「たしかにめずらしいですね……。やっぱり特別製なんでしょうか」

「ぼくは一度だけ、同じ意匠のトランプを見たことがある」

ヴィクターは驚いた。

「本当ですか？　いったいどこで？」

「ぼくの屋敷の遊戯室だ。三年前、あの事件の起きる前日のことだった」

愕然《がくぜん》と、ヴィクターは目をみはる。見えない手に喉《のど》を締めつけられたように、にわかに息が苦しくなった。

「そんな……それじゃあ、先輩のご両親は……」

「わからない」

アルフレッドは言った。

「まだなにもわからないよ」

嚙《か》みしめるようにくりかえすと、ヴィクターをふりむいた。

「だからこのことは、サラには黙っていてくれないか」

「ですが――」

「説明が必要かい？」

短く問いかえされる。

ヴィクターは目を伏せた。

「……いえ」

不確定の、いますぐ動きを取れそうにもない事実を打ち明けることで、アルフレッドは妹を煩《わずら》わせたくないのだろう。もしもヴィクター自身が同じ立場におかれたら、弟たちに対してそうしたいと思うのと同じように。

アルフレッドは守りたいのだ。彼女の平穏を。彼女の笑顔を。

それはヴィクターも同じだった。

アルフレッドが言った。

「あの子はぼくのすべてだ」

「──ええ。知っています」

即座にかえすと、アルフレッドは苦笑した。

「仔犬の鋭い嗅覚で、まんまと嗅ぎつけられたわけか」

「だからそれはやめてくださいって」

ふふ、とアルフレッドが笑みをこぼす。

「さあ、男同士の話はこれくらいにしておこう。サラを待たせてはいけないからね」

一転してほがらかに告げると、裏口の扉に手をかける。

そしてふと、肩越しにヴィクターにたずねた。

「そういえば、うちで借りた『新アラビア夜話』はもう読んだのかい？」

「あ──はい。一晩で読み終えました」

「どうだった？」

「そうですね……」

ヴィクターは言葉を選びながら答える。

「小説としてはすごくおもしろい展開で、いつのまにか時間を忘れて読みふけってしまいました。舞台はロンドンが中心なので知った場所がでてくるたびに愉快な気分になりますし、例の《自殺クラブ》の場面も想像以上の臨場感で。配られたトランプのカードを順にめくっていくところなんて、まるで参加者の恐怖が伝染したみたいに息をとめてしまったくらいで」

ですが、とヴィクターは顔をうつむけた。

「現実世界のロンドンで、しかもおれとそう境遇も変わらないような者たちのあいだで、本当にあんな遊びが流行《はや》っているのだとしたら……」

「だとしたら？」

「世も末だ――と感じなくもないです」

アルフレッドはゆっくりとうなずいた。

「ぼくもそう思うよ。スティーヴンスンもそれをわかっていて、あの物語を生みだしたんじゃないかな。じつはこの作品が雑誌に連載されていたときは、別の題名が使われていたんだよ。知っているかい？」

「いいえ。どんな題だったんです？」

興味を惹かれて顔をあげたとたん、まっすぐに視線がかみあった。

アルフレッドの蒼《あお》い瞳が、夏の陽を反射する。

ふたりの足許に、濃い影がうずくまっている。

「『末の世のアラビア夜話』さ」

5

「これでできあがり――と」

ぱちん、と糸の端をはさみで切り落とし、サラはにこりとほほえんだ。

サラの手許に並んでいるのは、まったく同じ装いの二冊のノートである。

本の装丁に使った材料が余ったとアルフレッドが言うので、白紙を綴《と》じて帳面に仕立てることにしたのだ。革を扱わない、こうした単純な造本の作業なら、サラも兄に教わっていくらかこなせるのである。

花のしげみを飛びまわる小鳥たちのパターンがあんまりかわいらしいので、サラはふと思いついて、手のひらに載るほどのものをふたつ造ることにした。ロックハート伯爵家の小さな紳士たちにプレゼントしたら、喜んでくれるかもしれない。

手の空いたときに作業を進めて二日ばかり。ようやく完成した冊子をささやかな達成感に浸りつつながめていると、からころとドア・ベルが鳴った。

サラはあわてて、カウンターに散らかった道具をかたづける。

やがて書架の向こうから歩いてきたのは、まさに待ちかねていた相手だった。

ひらりと片手をあげ、ヴィクターは照れたようにサラに笑いかける。

「やあ、しばらくだね」

「あ……ヴィクターさま！」

先日のロンドンでの事件から、ちょうど一週間が経っていた。

そのあいだ、ヴィクターはコリンズの下宿部屋に滞在していたはずだった。

可能性は低いものの、もしもラドフォードの従兄弟があの日に起きたことを洩《も》らせば、コリンズは口封じのためにまっさきに殺されてもおかしくない。だから万が一の護衛役として、銃を扱えるヴィクターがそばにいてやることになったのだ。

異状なしとの電報は毎日受け取っていたが、ヴィクターの姿が目に映ったとたん、サラは薄暗い店内がほのかに明るくなったように感じた。

カウンター越しに、ふたりは向かいあう。

「元気にしていたみたいだね」

「ヴィクターさまも、お変わりなさそうでなによりです」

かしこまったやりとりをしてから、ヴィクターは気恥ずかしそうに頬をかいた。

「たった一週間、顔をあわせなかっただけにしては大袈裟《おおげさ》すぎるかな」

たしかにそうかもしれない、とサラもつられて苦笑する。

「コリンズさんのご様子はいかがですか？」

「ああ。あいつもずいぶんおちついたから、ロンドン暮らしは今朝できりあげたよ。守る相手があれじゃあ、いいかげん張りあいがなさすぎて退屈だし、きみのことばかり根掘り葉掘り訊きたがるのも辟易《へきえき》だし……あ、もちろん素性についてはうまくごまかしておいたから心配いらないよ」

「お気遣いありがとうございます」

サラは微笑した。ヴィクターはうんざりした顔つきだが、きっと心を尽くしてコリンズの不安をなだめてやったのだろう。そんなヴィクターだからこそ、コリンズも今回の件を彼だけに相談したのだ。

「今日はその報告にいらしてくださったんですね？　でしたらいま兄を呼んで――」

「いや。それもあるけれど、じつはきみに会ってもらいたい相手を連れてきたんだ」

「わたしに、ですか？」

「うん。屋敷に戻ったとたん、ちびたちにも頼みこまれてね。彼女がぜひともきみと話をしてみたいと言っているからって……ああ、来た来た」

入口をふりむくヴィクターの視線を追うと、ドア・ベルが勢いよく揺れた。

ぴょんぴょんと跳びはねるような、ご機嫌な足どりのラウルとエリオット。そのふたりに両手をひっぱられて、困ったように笑っている高齢の女性。絹糸のような白髪にグレイのボンネットをかぶせた老婦人を、少年たちはいそいそとサラの正面に押しだした。

「マージがね、サラとお話ししたいんだって！」

「お話ししたいんだって！」

そういうわけなんだ、とヴィクターは改めて彼女をサラに紹介する。

「彼女がマージ。いまさらだけれどうちの乳母《ナース》だよ。マージ、こちらがサラ」

マージはふっくらした顔をサラに向けた。

淡い空色の瞳が、あたたかな光を放っている。

「まあまあ。本当に、とてもすてきなお嬢さんだこと。ヴィクター坊ちゃんの教えてくださったとおりね」

「……客観的な事実だからね。いいからほら、おれにつかまって」

ヴィクターはそそくさと、小柄なマージを支えてスツールに腰かけさせる。

「急に押しかけてきて悪いけれど、つきあってあげてくれるかな」

「あ……はい。それはもちろん、喜んで」

「ありがとう。それじゃあ、おれたちはしばらく向こうの棚のほうにいるから」

「あの、よろしければこれを」

立ち去りかけた三人を、サラは急いで呼びとめる。そして、たったいま完成したばかりのノートをさしだした。

「余った材料で作ったものなのですけれど……日記でもお絵かきでも、おふたりのお好きなように使っていただけたらと思って」

わあ、と少年たちは我先に手をのばす。

ヴィクターも興味津々で、弟の手許をのぞきこんだ。

「きみが作ったの？　すごいな。まるで売りものみたいじゃないか」

「切りそろえた紙を糸でかがって綴じただけなので、さほど難しい作業ではないんです」

「だとしても、よほど器用でないとこうはいかないよ。さすがは先輩の妹だな」

てらいのない褒め言葉に、サラはかすかにほほえんだ。

するとラウルが、ヴィクターを見あげた。

「兄さま。ぼく、マージの教えてくれたあのお話を書くことにするよ。女の子と白い犬が冒険するお話。そうしたら、もし忘れちゃっても平気だから。そうでしょう？」

「ああ、それはいい考えだな」

「ぼくも！　ぼくも書く！」

すかさずエリオットが真似をすると、ラウルはしかつめらしく指摘した。

「エリオットには無理だよ。まだ読み書きできないじゃないか」

「ちょっと読めるもん。エリオットって書けるもん」

「名まえだけ書けたってしょうがないよ」

「むー」

ヴィクターが笑いながら、弟《つづ》たちの頭をくしゃくしゃとかきまわす。

「だったら、ラウルが文章の綴りかたを教えてやればいいさ。ちょうどいい目標ができてよかったじゃないか、エリオット。サラ、アルファベットの基礎を身につけられるような子ども向けの本は、置いていないかな？」

「あ、はい。それでしたらあちらの、絵本の棚のすぐ隣に何種類か……」

「ぼく知ってる。こっちだよ！」

「待ってー」

ぱっとかけだしたラウルを、エリオットが追いかける。

「だから走るなって！」

ヴィクターがあわてて弟たちについてゆく。

その背中をともに見送ってから、サラとマージはほのかな笑みをかわした。三兄弟から話を聞いていたせいか、今日が初対面という気がしなかった。顔だちは違うものの、サラ自身のナースとどこか雰囲気が似ているためかもしれない。

「手作りのノートなんて、すてきな贈りものね」

「喜んでいただけたようでよかったです」

「喜んでいるのはわたしのほうよ」

わいわいとにぎやかな三兄弟の声に、マージはさも愛おしそうに耳をすませた。

「わたしの妹のための物語を、書きとめておこうとしてくれるなんて。わたしがあのお話をしたせいで、ずいぶん不安がらせてしまったはずなのに……本当に優しい子たち」

つと視線を伏せて、マージは打ち明ける。

「自分でもね、ちゃんとわかっているのよ。時々、頭が混乱して……自分がどこにいて、なにをしていたのかわからなくなることがあって、どんどん自分が自分でなくなっていくような気がして、それが怖くてたまらなかったの」

「マージさん――」

「でもね、それは心が過去のどこかに旅をしているだけなんだと坊ちゃんたちから教えてもらって、なんだか気持ちが楽になったのよ。ええと、なんという名まえだったかしら。時間を自由に旅行できる、夢のような機械のこと……」

「タイムマシンでしょうか？」

「そう！　そのお話を坊ちゃんに伝えたのがあなただと聞いて、ぜひ会ってみたくなったの。最近はあの『ケルト妖精物語』で懐かしい物語にふれているせいかしら、一時期よりもなんだか頭がすっきりとしているようだから、ヴィクター坊ちゃんに迷惑をおかけするのを承知で連れてきていただくことにしたの」

「ヴィクターさまは、迷惑だなんて思っていらっしゃらないはずですよ」

幼いころに親しんだ物語は、ずっと忘れないものだという。あえてそうした過去の記憶を呼び覚ましたことが、現在のマージに良い変化をもたらしたのかもしれない。

ふくらむ期待に、サラは声を弾ませた。

「あの二冊の選集に収められた物語は、わたしも好きなものばかりなんです。『黒い馬』ももちろんですし、いかにもケルトの物語といった『コンラと妖精の乙女』や『リールの子どもたちの物語』も」

マージはたちまち口許をほころばせた。

「わたしも大好きよ。『グリーシュ』も『海の乙女』も、それに『ノックメニーの伝説』もね。わたしが憶えている物語とまったく同じではないけれど、いつのまにかあんな立派な本にしてもらっていたなんて、本当に驚いたわ」

「お世話をされた子どもたちに、そうした物語を語られたことはなかったのですか？」

「……ええ、ほとんどね。子どもの成長のために書き直されたものではないから、あえて教えはしなかったの。結末で悪者を簡単に殺してしまったり、あまりに哀しすぎる物語も多くて、ご両親からお叱りを受けてしまうかもしれなかったし」

ケルト起源の民話には、妖精たちにいたずらされたり、逆に知恵比べで出し抜くような滑稽《こっけい》な物語もあるのだが、まったく救いのない、なんともいえず物哀しい神話風の物語も多く存在するのだ。

たとえば『リールの子どもたちの物語』では、リール王の子どもたちは嫉妬深い継母《ままはは》の企《たくら》みによって白鳥に姿を変えられてしまう。

そうして長い時を経たのちに呪いは解けるのだが、そのとたん姉弟はまたたくまに老いさらばえて死んでしまうのだ。

「あの『デルドレーの物語』なんて、特にロックハート家の坊ちゃんたちにお聞かせするのはためらってしまうわね。ほら、あれはひとりの美しい乙女のために、勇者の三兄弟が命を落としてしまう物語でしょう?」

デルドレーは「いずれ彼女のために、アイルランドでいまだかつてない血が流れることになる」と予言された娘だった。

人里離れた山奥でひっそりと育てられた彼女は、やがてアルスター王に求婚されたが、三兄弟の長男と恋に落ちてしまう。王に追いつめられた三兄弟は命を落とし、デルドレーもまた哀しみのために息絶えるのだ。

そういえば、とサラは思いだす。

デルドレーの恋した勇者は青い瞳だった。

印象深い、デルドレーの最期の嘆きを、サラは脳裡《のうり》でくりかえす。

やさしいひと。愛するひとよ。花のように美しく、正直でたくましく、高貴で慎ましき最愛の勇者よ。青い瞳の、かけがえのないあなたに、わたしは夢中でした——。

「でも……そうした美しくて哀しい物語のほうが、ふしぎと強く心に残っているような気がします」

「……そうね」

マージはひっそりとうなずいた。

「そういう物語も、きっと必要なのでしょうね。この現実は、めでたしめでたしで終わる出来事ばかりではないのだから」

この世界には、きっと辛いことがたくさんある。

だからこそ、主人公が粛々と運命に身をゆだねるような物語に、ひとは心を安らがせることもあるのだろう。そして哀しみのあまりに主人公が死んでしまう物語もまた、美しい夢となるのだろう。ひとは往々にして哀しみで死ぬほどに脆《もろ》くはなく、生きているかぎり苦しみは続いてゆくのだから。

サラはふと思う。ラドフォードの従兄弟もまた、自分の犯した罪にずっと苛《さいな》まれてゆくのだろうか。彼とてあの殺人遊戯にさえ関わらなければ、汚く醜い自分の本性と直面せずにいられたかもしれないのに。

彼もきっと、自分に裏切られたのだ。追いつめられた彼自身が、彼の裏切り者になった。群衆に向かって、罪人のイエス・キリストなど知らないとくりかえし叫んだ使徒ペトロと同じように。

「あなたにね、ひとつだけお願いしたいことがあるの」

マージのささやき声で、サラは我にかえった。

「はい。どのようなことでしょう？」

「わたしの娘のことを、憶えていてもらえないかしら」

マージの意図が読めず、サラはとまどった。

ヴィクターによれば、たしか彼女は若いころに夫を亡くしたとのことだったが、子どもがいたとは聞かなかった。ひょっとして、ヴィクターも知らないことなのだろうか。

「お嬢さんが、いらっしゃったのですか」

「ええ、ひとりだけ。生まれて一年も経たないうちに死んでしまったのだけれど」

「あ……」

サラは息をとめた。

わずかに身を乗りだし、マージが訴える。

「あの子のことを忘れてしまいたくないの。でもそのうちに忘れてしまうかもしれない。わたしが忘れてしまえば、あの子がこの世に生まれたことを知っている人間は、ひとりもいなくなってしまう。だから、あなたに憶えていてもらいたいの。ただ、胸に留めていてくださるだけでいいから」

マージは潤んだ瞳でサラをみつめる。

やっとのことで、サラは問いかけた。

「……ロックハート家のみなさまに、お伝えするつもりはないのですか？」

マージは静かに、けれどきっぱりと首を横にふった。

「知らないほうがいいことだわ。ナースにとって、お世話をする子どもは誰もが同じように大切な子どもであるべきなの。そう信じられなくなったら、子どもたちは迷わずナースに甘えることができなくなってしまうでしょう？」

ナースが血のつながった子どもにこだわっていたら、世話をされる子どもたちが疎外感をおぼえてしまうかもしれない。そうなっては、ナースは子どもたちの心の拠《よ》りどころになりえない。

小さな子どもにとって、誰かと比べて自分が大切な存在ではないと感じさせられることほど辛いことはないのだから。

「だから、できるかぎりは黙っていたいの。もしも……わたしの記憶が混乱して坊ちゃんたちを傷つけてしまうようなことがあったら、そのときはあなたからヴィクター坊ちゃんに事情を説明していただけないかしら」

マージの頼みごとがほんの思いつきや気まぐれでないことは、サラにもよくわかった。マージの願いには、ナースとしての誇りがかかっている。

「本当に、わたしでかまわないのですか？」

マージがほほえんだ。

「あなただからお願いしているのよ。あなたなら、きっとわかってくださると思ったの。あなたなら、他人の記憶もないがしろにはしないはずだって」

ぽかぽかとした、春の陽だまりのような笑顔だった。

大勢の子どもたちの人生の支えとなっただろう、その笑顔をまのあたりにして、サラはふいに泣きだしたいような気持ちになった。

サラは心を決めた。この老女の語った言葉を忘れまい。

ずっとずっと、命の続くかぎり憶えていよう。

ひとつ深呼吸をして、サラはたずねた。

「――お嬢さんのお名まえを、教えていただけますか？」

シェヘラザードの末裔は、空色の瞳にせつなげな光をよぎらせる。

そうして封印していた自分自身の物語を、ゆっくりと語りだした。

※この作品はフィクションです。実在の人物・団体・事件などにはいっさい関係ありません。

集英社オレンジ文庫をお買い上げいただき、ありがとうございます。
ご意見・ご感想をお待ちしております。

● あて先
〒101-8050　東京都千代田区一ツ橋2-5-10
集英社オレンジ文庫編集部 気付
久賀理世先生

倫敦千夜一夜物語

あなたの一冊、お貸しします。

集英社
オレンジ文庫

2015年3月25日　第1刷発行

著　者　久賀理世
発行者　鈴木晴彦
発行所　株式会社集英社
〒101-8050東京都千代田区一ツ橋2-5-10
電話【編集部】03-3230-6352
【読者係】03-3230-6080
【販売部】03-3230-6393（書店専用）
印刷所　株式会社美松堂／中央精版印刷株式会社

※定価はカバーに表示してあります

造本には十分注意しておりますが、乱丁・落丁(本のページ順序の間違いや抜け落ち)の場合はお取り替え致します。購入された書店名を明記して小社読者係宛にお送り下さい。送料は小社負担でお取り替え致します。但し、古書店で購入したものについてはお取り替え出来ません。なお、本書の一部あるいは全部を無断で複写複製することは、法律で認められた場合を除き、著作権の侵害となります。また、業者など、読者本人以外による本書のデジタル化は、いかなる場合でも一切認められませんのでご注意下さい。

©RISE KUGA 2015　Printed in Japan
ISBN 978-4-08-680015-0 C0193

コバルト文庫　オレンジ文庫

「ノベル大賞」

募集中！

小説の書き手を目指す方を、募集します！

幅広く楽しめるエンターテインメント作品であれば、どんなジャンルでもＯＫ！

恋愛、ファンタジー、コメディ、ミステリ、ホラー、ＳＦ、etc……。

あなたが「面白い！」と思える作品をぶつけてください！

この賞で才能を開花させ、ベストセラー作家の仲間入りを目指してみませんか⁉

大賞入選作

正賞の楯と副賞300万円

準大賞入選作

正賞の楯と副賞100万円

佳作入選作

正賞の楯と副賞50万円

【応募原稿枚数】

400字詰め縦書き原稿100～400枚。


【しめきり】

毎年1月10日（当日消印有効）

【応募資格】

男女・年齢・プロアマ問わず

【入選発表】

締切後の隔月刊誌『Cobalt』9月号誌上、および8月刊の文庫挟み込みチラシ紙上。入選後は文庫刊行確約!

（その際には、集英社の規定に基づき、印税をお支払いいたします）

【原稿宛先】
〒101-8050　東京都千代田区一ツ橋2-5-10
（株）集英社　コバルト編集部「ノベル大賞」係

※Webからの応募は公式HP（cobalt.shueisha.co.jp　または orangebunko.shueisha.co.jp）をご覧ください。

応募に関する詳しい要項は隔月刊誌Cobalt（偶数月1日発売）をご覧ください。